《国学经典藏书》丛书编委会

顾 问

　　许嘉璐

主 编

　　陈 虎

编委会成员

国学经典藏书

龙文鞭影

张　弓　译注

中国出版集团有限公司

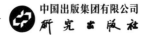

研究出版社

图书在版编目（CIP）数据

龙文鞭影 / 张弓译注. —— 北京: 研究出版社,
2023.5

（国学经典藏书）

ISBN 978-7-5199-1488-2

Ⅰ.①龙… Ⅱ.①张… Ⅲ.①古汉语—启蒙读物②《
龙文鞭影》—译文③《龙文鞭影》—注释 Ⅳ.
①H194.1

中国国家版本馆 CIP 数据核字（2023）第 088775 号

出 品 人：赵卜慧
出版统筹：丁　波
责任编辑：谭晓龙

国学经典藏书：龙文鞭影

GUOXUE JINGDIAN CANGSHU：LONGWEN BIANYING

张　弓　译注

研究出版社 出版发行

（100006　北京市东城区灯市口大街 100 号华腾商务楼）

河北松源印刷有限公司　新华书店经销

2023 年 5 月第 1 版　2023 年 5 月第 1 次印刷

开本：880毫米 × 1230毫米　1/32　印张：6.75

字数：139 千字

ISBN 978-7-5199-1488-2　定价：32.00 元

电话：（010）64217619 64217652（发行部）

编者的话

　　经典是人类知识体系的根基，是人类的精神家园，是我们走向未来的起点。莎士比亚说过："生活里没有书籍，就好像没有阳光；智慧里没有书籍，就好像鸟儿没有翅膀。"21世纪中国国民的阅读生活中最迫切的事情是什么？我们的回答是阅读经典！

　　中国有数千年一脉相传、光辉灿烂的文化，并长期处于世界文化发展的前列，尤其是在近代以前，曾长期引领亚洲乃至世界文化的发展方向。长期超稳定的社会发展形态和以小农生产为基础的、悠闲的宗法农业社会，塑造了中华民族注重实际、过分地偏重经验、重视历史的文化心理特征。从殷商时代的"古训是式"（《诗经·大雅·烝民》），到孔子的"述而不作，信而好古"（《论语·述而》），可以清楚地看出这种文化心理不断强化的轨迹。于是，历史就被赋予了神圣的光环，它既是人们获得知识的源泉，也是人们价值标准的出处。它不再是僵死的、过去的东西，而是生动活泼、富有生命力，并对现世仍有巨大指导作用的事实。因而就形成了这样一种固定的文化思维方式，也就是"以铜为鉴，可正衣冠；以古为鉴，可知兴替；以人为鉴，可明得失"（《新唐书·魏徵传》）。中国的文化人世代相承，均从历史中寻求真理，寻求"修身、齐家、治国、平天下"的崇高理想模式。

这种对于历史所怀有的深沉强烈的认同感，正是历史典籍赖以发展、繁荣的文化心理基础。历史上最初给历史典籍的研究和整理工作涂上政治、道德和伦理色彩的是春秋时期的孔子。当时的孔子因感"周室微而礼乐废，《诗》《书》缺"，于是删订了《诗》《书》《礼》《乐》《易》《春秋》等"六经"（见《史记·孔子世家》)，寄托了自己在政治上"复礼"和道德上"归仁"的最高理想。孔子以后，历史典籍的编撰无不遵循着这一最高原则。所以《隋书·经籍志》总序中就说："夫经籍也者，机神之妙旨，圣哲之能事。所以经天地，纬阴阳，正纲纪，弘道德，显仁足以利物，藏用足以独善……其王者之所以树风声，流显号，美教化，移风俗，何莫由乎斯道？……其教有适，其用无穷，实仁义之陶钧，诚道德之橐籥也。……夫仁义礼智，所以治国也；方技数术，所以治身也。诸子为经籍之鼓吹，文章乃政化之黼黻，皆为治国之具也。"（《隋书·经籍志一》)由此可见，历史典籍的编撰整理工作，已不仅仅是文化技术问题，更重要的是它还负有"正纲纪，弘道德"的政治和道德使命。于是，在两千多年的历史发展过程中，先人们为我们留下了汗牛充栋的文化典籍。这些宝贵的精神财富，不仅是我们中华民族的骄傲，也是全人类的骄傲，并已成为世界文化宝藏的重要组成部分。

中国的先哲们一向对古代典籍充满崇敬之情，他们认为，先王之道、历史经验、人伦道德以及治国安邦之术、读书治学之法等等，都蕴藏于典籍之中。文献典籍是先王之道、历史经验、人伦道德等赖以传递后世的重要手段。离开书籍，后人将无法从前朝吸取历史经验，无法传承先王之道。在日新月异的当代，如何对待这份优秀的文化遗产？毛泽东同志早就指出："中国的长期封建社会中，创造了灿烂的古代文化。清理古代文化的发展过程,剔除其封建性的糟粕,吸取其民主性的精华,是发展民族新文化、提高民族自信心的必要条件。……中国现时的新文化也是从古代的旧文化发展而来,因此,我们必须尊重自己的历史,决不能割断历史。但是,这种尊重是给历史以一定的科学地位,是尊重历史的辩证法的发展,而不是颂古非今。"(毛泽东《新民主主义论》)古代典籍,不仅对中华民族的形成与发展历史地发挥了巨大的凝聚力作用,而且在当今中华民族伟大复兴中,依然会发挥无可替代的重要作用。

在科学技术迅猛发展的当代社会,人们的生活、观念正在发生着巨大而深刻的变革,面对蓬勃发展的现代科技和汹涌而至的各种思潮,人们依然能深切地感受到中国传统文化无所不在的巨大力量。人们渴望了解这种无形的力量源泉,于是绚丽多姿的中华典籍就成了人们首要的选择。它能够使我们在精神上成为坚强、忠诚和有理智的人,成为能够真正爱人类、尊重人类劳动、衷心地欣赏人类的伟大劳动所产生的美好果实的人。所以,在今天,我们要阅读经典;当数字化、网络化带来的"信息爆炸"占领人们的头脑、占用人们的时间时,我们要阅读经典;当中华民族迈向和平崛起和民族复兴的伟大征程时,我们更要阅读经典。因此,读经典,这个我们习以为常的平凡过程,实际上就成了人的心灵和上下古今一切民族的伟大智慧相结合的过程。但由于时代的变迁,这些经典对现代人来说已仿佛谜一样的存在。为继承这份优秀的文化遗产,帮助人们更好地利用这些经典,在全国学术界诸多专家学者的支持下,我们策划了这套"国学经典藏书"丛书。

丛书以弘扬传统、推陈出新、汇聚英华为宗旨,以具有中等以上文化程度的广大读者为对象,从我国古代经、史、子、集四个部类的典籍中精选 50 种,以全注全译或节选的形式结集出版。在书目的选择上,重点选取我国古代哲学、历史、地理、文学、科技、教育、生活等领域历经岁月洗礼、汇聚人类最重要的精神创造和知识积累的不朽之作。既注重选取历史上脍炙人口、深入人心的经典名著,又注重其适应现代社会的人文价值趋向。丛书不仅精校原文,而且从前言、题解,到注释、译文,均在吸收历代学者研究成果的基础上精心编撰。在注重学术性标准的基础上,尽量做到通俗易懂。我们相信,本丛书的出版,对提高人们的古代典籍认知水平,阅读和利用中华传统经典,传播中华优秀文化,提高人们的民族自信心和文化自豪感,进而为中华民族伟大复兴做贡献,均将起到应有的作用。高尔基说:"书籍是人类进步的阶梯。""要热爱读书,它会使你的生活轻松,它会友爱地帮助你了解纷繁复杂的思想、感情和事件;它会教导你尊重别人和你自己;它以热爱世界、热爱人类的情感,来鼓舞智慧和心灵。""当书本给我讲到闻所未闻、见所未见的人物、感情、思想和态度时,似乎是每一本书都在我面前打开一扇窗户,并让我看到一个不可思议的新世界。"(《高尔基论青年》,中国青年出版社 1956 年版)。流传千年的文化经典,让我们受益匪浅,使我们懂得更多。正如德国著名作家歌德所说:"读一本好书,就是和一位品德高尚的人谈话。"的确,读一本好书,就像是结交了一位良师益友。我们真诚希望,这套经典丛书能够真正进入您的生活,成为人人应读、必读和常读的名著。

陈　虎
庚子岁孟秋

前　言

　　《龙文鞭影》原名《蒙养故事》，意思很明确就是一部给童蒙介绍掌故的书籍。"龙文"为古代骏马的名字，又引申为神童之意。典出《北齐书·杨愔传》："愔从父兄黄门侍郎昱特相器重，曾谓人曰：'此儿驹齿未落，已是我家龙文。更十岁后，当求之千里外。'"《龙文鞭影》的书名即取良马不待鞭策，见到鞭影就会疾驰之意，较《蒙养故事》更为典雅。本书编者为明末萧良有。据《玉堂遗稿》介绍，萧良有字以占，号汉冲，汉阳人。万历庚辰（1580）进士，官至国子监祭酒。萧良有在史局十五年，长于制诰之文，规模宏敞，有承平台阁之体。事实上，萧良有不仅长于制诰之文，还学问渊博，幼时即有神童之称。清褚人获在其《坚瓠集》九集卷三记载萧良有幼时事迹一则："万历庚辰会元汉阳萧汉冲（良有）年十五，发科榜眼及第，仕至祭酒。性蚤慧，七八龄时，入官舫谒一贵官。出句命对曰：官舫夜光明，两轮玉烛。萧对曰：皇都春富贵，万里金城。贵官适有他遣，语去使曰：'尔去即来，廿四弗来，廿五来；廿五弗来，廿六来。'汉冲误疑出对。即曰：'静极而动，一爻不动，二爻动；二爻不动，三爻动。'

贵官颇叹赏。"①足见其才思之敏捷。《万历野获编》卷十六《国师阅文偶误》认为萧良有具有"法眼"②,盖本意指其善识人。今观《龙文鞭影》中大量关于识拔人才的典故,多少也彰显出萧良有独有的人才观。

萧良有编成本书后,夏广文即为之逐句作注,明末清初人杨臣诤又对其大事增订,并将书名改为《龙文鞭影》。清末李恩绶再次对此书进行校补,成为当前通行本子。《龙文鞭影》正文为四言句式,每句讲一个典故,两句之间又构成对仗,偶句押韵。夏广文等人作的注则为进一步介绍补充典故之散文。《龙文鞭影》所用之韵就是近体诗所用平水韵的上平声与下平声。至于内容,《龙文鞭影》收录典故一千余则,基本上涵盖了古代著名历史人物,或涉志怪仙侠,或关文坛掌故,或为艺苑趣谈。其内容特点在每节题记中均有介绍。而其道德价值则涵盖了儒家之仁、义、礼、智、信、勇、严、忠、孝、节。可以说《龙文鞭影》是一部代表儒家价值取向的蒙学著作。当然,该书偶尔亦涉及道家之率性、道教之求仙问卜、方术之摸骨看相。但是,事关佛教的典故则极少,即使偶有提及,也必呈现出儒、释、道合流之模式。一定要事关释教大意,则为禅宗之话头,体现出明末宗教的大体态势。《龙文鞭影》一书入选典故延及的时间绵长悠远,不啻万千年。从上古传说中的盘古

---

① 〔清〕褚人获:《坚瓠集》,《续修四库全书》第 1261 册,上海古籍出版社 2002 年,第 387 页。

② 〔明〕沈德符:《万历野获编》,中华书局 1997 年,第 421—422 页。

开天辟地,迄于崇祯十五年(1642),编注者作为晚明官僚,很多典故的价值评判都带有当时的痕迹。因此,在今天看来,《龙文鞭影》不仅是一部蒙学书籍,还是一部反映晚明社会百态的百科全书。

中国古代教育儿童的书籍有蒙学书籍和小学书籍。小学在后来被视为经学的附庸,成为经学的一部分,故而研究得较为充分。蒙学作为启蒙教材,士大夫群体关注得较少。就以《龙文鞭影》这类蒙学书籍而言,历史上绝少有一流学者予以关注。即使上文提到萧良有学问渊博,才思敏捷,但《明史》不载萧氏事迹。《万历汉阳府志》虽录有萧良有之事迹,但在其《艺文志》中著录萧氏其他著作,唯不见其具有萧良有撰《蒙养故事》的记载,可见讳莫如深,士大夫群体都耻于作蒙学著作之相关研究。基于此方面的考量,则于今日欲考见《龙文鞭影》之版本源流,则远远难于他书。首先,是书几乎不著录于各著名之目录;其次,几乎无善本可言,所见之本,均有不同程度的错讹存在。即使是今人的整理本,也存在各种差异,说明其所据底本各异。今查是书目前所存于各大图书馆之版本如下:

书名卷数	作 者	刊刻年代
龙文鞭影二卷	明萧良有撰 清杨臣净增订 清来集之音注	清乾隆五年刻本
龙文鞭影二卷	明萧良有撰 清杨臣净增订 清来集之音注	清乾隆四十四年金陵聚锦堂刻本

龙文鞭影二卷	明萧良有撰　清杨臣诤增订 清来集之音注	清乾隆四十四年经纶堂刻本
龙文鞭影二卷	明萧良有撰　清杨臣诤增订 清来集之音注	清道光十二年刻本
龙文鞭影二卷	明萧良有撰　清杨臣诤增订 清来集之音注	清咸丰九年刻本
龙文鞭影二卷	明萧良有撰　清杨臣诤增订 清来集之音注	清同治十二年志古堂刻本
龙文鞭影二卷	明萧良有撰　清杨臣诤增订 清来集之音注	清光绪三年上海扫叶山房刻本
龙文鞭影二卷	明萧良有撰　清杨臣诤增订 清来集之音注	清光绪三年琉璃厂刻本
龙文鞭影二卷	明萧良有撰　清杨臣诤增订 清来集之音注	清光绪四年存春庐刻本
龙文鞭影二卷	明萧良有撰　清杨臣诤增订 清来集之音注	清光绪七年京都文成堂刻本
龙文鞭影二卷	明萧良有撰　清杨臣诤增订 清来集之音注	清光绪间刻本
龙文鞭影二卷	明萧良有撰　清杨臣诤增订 清来集之音注	清末上海江东书局石印本
龙文鞭影五卷附幼学便记读本一卷	明萧良有撰　清杨臣诤增订 清刘有廉注	清光绪十三年刻本
龙文鞭影初集二卷	明萧良有撰　清杨臣诤增订	清同治十年铁笔斋刻本
龙文鞭影初集二卷	明萧良有撰　清杨臣诤增订	清光绪六年紫文阁刻本

龙文鞭影初集二卷	明萧良有撰　清杨臣诤增订	民国间上海炼石书局石印本
龙文鞭影初集四卷	明萧良有撰　清杨臣诤增订	清光绪二十六年经元书局刻本
龙文鞭影初集四卷	明萧良有撰　清杨臣诤增订	民国二十四年上海会文堂书局石印本
校正龙文鞭影六卷	明萧良有撰	清末民初铸记书局石印本
训蒙四字龙文鞭影初集二卷二集二卷	明萧良有撰　清杨臣诤增订	清光绪十年首都文和堂刻本
龙文鞭影二卷二集二卷	明萧良有撰　清李晖吉、清徐溃辑	清同治二年同文会刻本
龙文鞭影二卷二集二卷	明萧良有撰　清李晖吉、清徐溃辑	清光绪三年扫叶山房刻本
龙文鞭影二卷二集二卷	明萧良有撰　清李晖吉、清徐溃辑	清光绪六年紫文阁刻本
龙文鞭影二卷二集二卷	明萧良有撰　清李晖吉、清徐溃辑	清光绪十年首都文和堂刻本
龙文鞭影二卷二集二卷	明萧良有撰　清李晖吉、清徐溃辑	清光绪十一年成文信刻本
龙文鞭影二卷二集二卷	明萧良有撰　清李晖吉、清徐溃辑	清光绪间善成堂刻本
龙文鞭影二卷二集二卷	明萧良有撰　清李晖吉、清徐溃辑	清末上海江东书局石印本
龙文鞭影二卷二集二卷	明萧良有撰　清李晖吉、清徐溃辑	民国三年上海章福记书局石印本

龙文鞭影二卷 二集二卷	明萧良有撰　清李晖吉、清 徐瓒辑	民国四年首都文成堂刻本

　　由此可见，《龙文鞭影》的版本大概分为二卷本、五卷本、四卷本、六卷本四种。又清人李晖吉、徐瓒续辑《龙文鞭影二集》亦分上下两卷。目前尚有一些本子将续作与原作合刊，成为另一种版本。所以，清末民初铸记书局石印本之六卷本《龙文鞭影》当是将续集刊入在内的本子。这些版本都可以看作本书。还有一些版本是将此书与其他书籍合刊在一起，如清光绪十三年所刻之五卷本《龙文鞭影》即附《幼学便记读本》一卷在内，此当是另一种流传的本子。而内容上是书又有繁本与简本之分。简本版式齐整，上下栏同宽，然任意删减注文，全不顾文意是否通顺得当。繁本版式不如简本整齐，注释文字经常超出正文宽度，甚至与正文上下错位，但是语义完整，较简本为胜。这些都说明是书缺少善本，整理者鲜少着力之缘故。

　　本书以通行合刊繁本为底本，但删去续集，盖因李氏续作之典故内容与原作所选之范围大同小异，且较多人物重复出现，虽事涉旁务，然举一人一事即可窥探此人格局。况其典故亦多抄撮《世说新语》等书，熟读是书则于魏晋间之典故多了然于胸，故删繁就简不录续集并原书之序言。《龙文鞭影》一书本欲使童蒙通晓故事，以便他日反刍。又辅以音韵，使童蒙记诵方便的同时对于对仗、押韵等基本知识有些初步的了解。因此，读此一编，则古史典籍粲然于胸，反刍再用则可获事半功倍之效。但要注意的是,时移世易,过去奉为金科玉律的规则条款,今天读来有的已大不合时宜。这在文中的题解中已经予以说明,需要加以甄别取舍。本书成书仓促,编著者学识水平有限,错讹之处当所难免,尚望读者斧正。

张 弓

2021 年 11 月

目　录

卷之一

一 东

犄成四字，诲尔童蒙①。经书暇日，子史须通②。
重华大孝，武穆精忠③。尧眉八彩，舜目重瞳④。
商王祷雨，汉祖歌风⑤。秀巡河北，策据江东⑥。
太宗怀鹞，桓典乘骢⑦。嘉宾赋雪，圣祖吟虹⑧。
郗仙秋水，宣圣春风⑨。恺崇斗富，浑潘争功⑩。
王伦使虏，魏绛和戎⑪。恂留河内，何守关中⑫。
曾除丁谓，皓折贾充⑬。田骄贫贱，赵别雌雄⑭。
王戎简要，裴楷清通⑮。子尼名士，少逸神童⑯。
巨伯高谊，许叔阴功⑰。代雨李靖，止雹王崇⑱。
和凝衣钵，仁杰药笼⑲。义伦清节，展获和风⑳。
占风令尹，辩日儿童㉑。敝履东郭，粗服张融㉒。
卢杞除患，彭宠言功㉓。放歌渔者，鼓枻诗翁㉔。
韦文朱武，阳孝尊忠㉕。倚闾贾母，投阁扬雄㉖。
梁姬值虎，冯后当熊㉗。罗敷陌上，通德宫中㉘。

〔注释〕

①觕(cū):同"粗"。诲:教导,晓示。

②经书:此处指儒家经典。唐代将图书分为经、史、子、集四大类。除经部收录儒家经典之外,史部收录史书,子部收录诸子百家及艺术、谱录、技术等书,集部收录诗文类书籍。

③重华:古代的明君舜,姚姓,名重华,号有虞氏。武穆:南宋名将岳飞(1103—1142),字鹏举,死后追谥武穆。

④尧:中国上古时期部落联盟首领,姓伊祁,号放勋。重瞳:指一只眼睛里有两个瞳孔,传说圣人有重瞳。

⑤商王:商代开国君主成汤。汉祖:汉高祖刘邦,西汉开国皇帝。

⑥秀:东汉开国皇帝光武帝刘秀。策:东汉末年的孙策。江东:长江下游以东地区,又称江左。

⑦太宗:唐太宗李世民。鹞(yào):一种猛禽,像鹰略小,捕食小鸟。桓典(?—201):字公雅,谯国龙亢(今安徽怀远)人,东汉大臣。骢(cōng):青白杂毛的马,泛指马。

⑧赋:我国古代的一种文体,兼具诗歌和散文性质,这里用作动词,指作赋。圣祖:明太祖朱元璋(1328—1398),濠州钟离(今安徽凤阳)人。明朝开国皇帝。

⑨邺(yè)仙:李泌(bì,722—789),字长源,唐代京兆府(今陕西西安)人。唐朝中期宰相、政治家。宣圣:孔子。

⑩恺崇:王恺和石崇。王恺(生卒年不详),字君夫,东海郯县(今山东郯城)人。西晋时期外戚、富豪。石崇(249—300),字季伦,小名齐奴,渤海南皮(今河北南皮)人。西晋大臣、富豪。浑濬(jùn):王浑和王濬。王浑(223—297),字玄冲,太原晋阳(今山西太原)人,西晋将领。王濬

(252—314),字彭祖,太原晋阳人,西晋将领。

⑪王伦(1081—1144):字正道,莘县人,南宋初年大臣。魏绛(?—前552):姬姓,魏氏,名绛,春秋时晋国大臣。戎:古代特指中国西部的少数民族。

⑫恂:寇恂(?—36),字子翼,上谷昌平(今北京昌平)人,东汉开国功臣。河内:汉代郡名,今河南北部一带。何:萧何(?—前193),沛郡丰邑(今江苏丰县)人。西汉开国功臣、政治家,"汉初三杰"之一。关中:一般指陕西中部秦岭以北、潼关以西的区域。

⑬曾(zēng):王曾(978—1038),字孝先。青州益都(今山东青州)人,北宋著名宰相、诗人。丁谓(966—1037):字公言,苏州长洲(今江苏苏州)人,北宋初年奸臣。皓:孙皓(242—284),字元宗,吴郡富春(今浙江杭州)人,三国时期东吴末代皇帝,中国历史上有名的暴君。贾充(217—282):字公闾,平阳襄陵(今山西襄汾)人,魏晋时期人,西晋开国元勋。

⑭田:田子方,名无择,字子方,战国初期魏国儒士。赵:赵温(137—208),字子柔,蜀郡成都(今四川成都)人,东汉末年宰相。

⑮王戎(234—305):字濬冲,琅玡临沂(今山东临沂)人。魏晋时期名士、官员,"竹林七贤"之一。裴楷(237—291):字叔则,河东闻喜(今山西闻喜)人。魏晋时期大臣、名士。清通:清明通达。

⑯子尼:蔡克(?—307),字子尼,陈留考城(今河南民权)人。西晋大臣。少逸:刘少逸(977—?),苏州人。北宋初期大臣,我国历史上著名的神童。

⑰巨伯:荀巨伯,东汉颍州(今属河南)人,生平不详。许叔:许叔微(1079—1154),字知可,真州白沙(今江苏仪征)人,南宋医学家。

⑱李靖(571—649):字药师,雍州三原(今陕西三原)人。隋末唐初军事家。王崇:字乾邕,阳夏雍丘(今河南杞县一带)人,北魏著名孝子。

⑲和凝(898—955):字成绩,郓州须昌(今山东东平)人,五代十国时

期宰相。仁杰（630—700）：狄仁杰，字怀英，并州晋阳（今山西太原）人，唐代政治家。药笼：盛药的器具。比喻储备人才之所。

⑳义伦：沈义伦（909—987），字顺宜，开封太康（今属河南）人。北宋开国功臣。展获：柳下惠（前720—前621），姬姓，展氏，名获，字季禽。鲁国柳下邑人，谥号为"惠"，后人尊称其为"柳下惠"。春秋时期思想家、政治家、教育家。

㉑占风：古代的一种方术，又叫风角术，根据风向变换等做出吉凶判断。令尹：这里指关尹子，传说为周朝大夫。字公度，名喜。老子《道德经》就是应他要求而作。

㉒敝履：破旧的鞋。张融（444—497）：字思光，一名少子。吴郡（今江苏苏州）人。中国南朝齐文学家、书法家。

㉓卢杞（？—785）：字子良，滑州灵昌（今河南滑县西南）人，唐朝宰相。彭宠（？—29）：字伯通，南阳宛（今河南南阳）人，东汉大臣。

㉔鼓枻（yì）：枻，船桨。这里指泛舟。

㉕韦：韦逞（生卒年不详），前秦大臣。朱：朱序（？—393），字次伦，义阳平氏（今河南桐柏）人，东晋名将。

㉖闾：本义指古代里巷的门，这里指家门。扬雄（前53—18）：字子云，蜀郡郫县（今四川成都）人。汉代辞赋家、思想家。

㉗姬：古代妇女的美称。值：碰到，遇上。当：抵挡。

㉘罗敷：秦姓，邯郸（今河北邯郸）人，大约生活在汉末至三国时期。为乐府《陌上桑》的主人公。陌上：就是田间。古代田间小路，南北方向叫作"阡"，东西走向叫作"陌"。

〔译文〕

本书每句以粗浅的四个字讲述历史典故，来教育你们这些儿童。

在读儒家经典的闲暇时间，还应该阅读诸子百家和历史著作。

舜的父亲再娶后，生了弟弟象。父亲、后母和象三人屡次加害舜，舜逃生后仍然孝顺父母、敬爱兄弟，所以后人都称他为"大孝"的表率。南宋名将岳飞十八岁从军，屡立战功，传说他背上刺有"精忠报国"四字，宋高宗也亲自写下"精忠岳飞"四个大字赠给他。

传说帝尧的眉毛有八种颜色，而帝舜的眼睛有两个瞳孔。

商汤时连续七年大旱，掌管占卜的太史认为要以人作为祭品求雨。商汤不忍心杀害他人，便把自己作为祭品，向上天求雨。汉高祖刘邦做皇帝后回到家乡，宴请父老乡亲。在宴会上他歌唱道："大风起兮云飞扬，威加海内兮归故乡，安得猛士兮守四方？"这就是《大风歌》。

汉光武帝刘秀于公元22年起兵反抗篡位的王莽。后来刘秀奉刘玄之命巡行河北，除苛政，为中兴汉朝奠定基础。孙策是东汉末年吴郡人，通过征战占据了江东。孙策临死时，将事业托付给弟弟孙权。孙权后来建立了东吴，做了皇帝。

唐太宗李世民有一次正在玩一只鹞子，看见大臣魏徵来了，便急忙把鹞子藏在怀中。魏徵早看到了，就故意拖延时间奏事，结果鹞子被闷死了。桓典是东汉时朝廷的御史，不畏权贵，常骑着骢马外出，京城的人都说："快点儿走藏起来，躲开骑骢马的御史。"

谢惠连《雪赋》以西汉梁王与宾客在兔园赏雪为主题，描绘了梁王命司马相如作赋描写雪景的故事。明太祖朱元璋有一次微服出行,信口作了两句有关彩虹的诗,一旁的彭友信恰好听到,随口把诗续上了。朱元璋很高兴,让他第二天一起入朝。第二天彭友信坚持等候朱元璋,以致延误了上朝时间。朱元璋认为他信守承诺,就任命他为布政使。

唐朝诗人贺知章见到童年时的李泌说:"这个小孩子眼睛像秋水一样清澈,以后一定能做宰相。"后来果真应验了。汉武帝问东方朔:"孔子和颜回谁的道德更为高尚?"东方朔回答:"颜回的道德就像桂树,能够让一座山都变得芬芳;孔子的道德则像春风一样,所到之处万物滋生。"

西晋大臣王恺与石崇比富。王恺用糖刷锅,石崇就用蜡烛做柴火;王恺用紫绢做了长四十里的步障,石崇就用锦做了长五十里的步障。晋武帝为帮助王恺取胜,赐给他一株高两尺左右的珊瑚树。石崇看后就用铁如意把珊瑚树砸碎了,然后命人取出几株珊瑚树,都有三四尺高,让王恺挑选。王浑是晋武帝的女婿,公元279年他与王濬一同率军进攻东吴。王浑率先击败吴军,但迟疑不决没有立即渡江。王濬则英勇果断,顺流而下,一举攻破东吴都城建康。王浑以此为耻,屡次状告王濬不受节制,于是二人一直争功。

南宋大臣王伦被派往金国议和,后来金国发生政变,和约被废止了,王伦也被囚禁在北方,始终不肯投降,最后被处死。春秋时期,戎狄派人与晋国讲和。晋侯认为戎狄毫无信义,要继续交战。大臣魏绛极力反对,并提出和戎的好处,晋侯最终采纳了他的意见。

刘秀北上平定河北，留寇恂镇守河内，巩固后方。寇恂一面御敌，一面支援前线，为刘秀立下大功。楚汉相争的时候，萧何被刘邦留下镇守关中，并负责转运粮草给养，使得前线部队的军需从不匮乏。汉朝建立后，刘邦评萧何为第一功臣。

丁谓奸猾诡诈，宋真宗死后，他与宦官勾结擅自转移皇陵，并隐情不报。王曾直言敢谏，查明真相后，宦官雷允恭被处死，丁谓因此被免职。孙皓是三国东吴的末代皇帝，历史上有名的暴君。晋灭吴后，晋臣贾充指责孙皓在吴国滥用酷刑。孙皓说那是对奸诈不忠之人使用的刑罚。贾充曾是魏国大臣，有杀害魏国君主的劣迹，听后默然不语。

田子方是魏文侯的老师，对太子很不礼貌。太子生气地说："富贵的人可以骄傲待人，还是贫贱的人可以骄傲待人？"田子方说："当然是贫贱的人可以骄傲待人，富贵的人怎么敢骄傲呢？若国君骄傲待人，就会丧失其国；大夫骄傲待人，就会失去其家；而贫贱的人，言语不被采纳、行为与人不合，大不了穿上鞋子离开，到哪儿都是贫贱，还有什么怕失去的呢？"东汉大臣赵温曾感叹道："大丈夫应奋发向上，怎么能屈居人下！"于是就辞官回家了。

西晋王戎和裴楷曾一起去拜访钟会。之后有人问钟会怎么看待两人，钟会说王戎行事简约懂得礼法大要，裴楷内心清明而外表通达。

子尼是晋代陈留考城人，西晋名士王澄有一次路过陈留，便打听这个地方有哪些名士。官吏说："有蔡子尼、江应元。"当时陈留有很多高官，王澄问："为什么只说此二人？"官吏说："您问的是人，又不是问官位。"北宋刘少逸十一岁时，有一次他的老师带他拜见大文人王禹偁、罗处约。他们就出对联考刘少逸，竟然始终难不倒他。两人很惊讶，便向朝廷推荐刘少逸这位神童。

东汉荀巨伯有一次去探望生病的友人，碰上强盗攻打友人所在的城市。朋友说："我肯定要死了，你快走。"巨伯不忍心抛弃朋友，便留下了。城破后，强盗问荀巨伯："大家都跑了，你怎么不跑？"巨伯说："友人有病，我不忍心抛下他，希望自己代他受死。"强盗们被他的义气所感动，就撤退了。南宋名医许叔微走街串巷，治好不少人。一天，他梦见神人对他说："上天因你治病救人的功劳，会赐你做大官。"后来应验了。

唐代名将李靖曾在山林中狩猎为生，一次夜宿在山民家。夜半，房东老太太对李靖说："这里是龙宫，上天命令布雨，可是我两个儿子都不在，可以麻烦你代劳吗？"于是给李靖一匹马、一瓶水，让他骑在马上随便跑，听到马叫就滴一滴水在马鬃上，就会下雨了。哪知道李靖见自己家非常干旱，就连滴了二十滴，不料竟酿成了洪灾。北魏孝子王崇在父母去世后非常哀痛。有一年夏天天降冰雹，周围都受到极大的摧残，但冰雹下到王崇田边，忽然停止了。人们都认为这是上天对王崇孝行的奖赏。

和凝考中进士第十三名，后来他当了考官，非常欣赏范质这个考生，于是也让他名列十三，并对范质说你将接受我的衣钵。果然范质后来也成了宰相。狄仁杰是唐朝人，官做到凤阁鸾台平章事。他的下属元行冲曾对他说："下级侍奉上级，对上级来说就像是家中储存的东西一样，食物用来食用，药物用来治病。您门下宾客里可以充当美食的角色已经很多了，我愿意成为您的一剂药石。"狄仁杰对人说："元行冲就是我的药箱中那剂药，一天也不可缺少。"

沈义伦是宋代人，宋太祖派人灭后蜀后，将领们大肆掠夺，只有沈义伦不同流合污，回京后检查，发现他的筐中只有图书数卷而已，于是宋太祖将他提升为枢密副使。孟子称赞柳下惠说："柳下惠是圣人中平和温厚的那一种。"又说："凡是接触他的人，都能让鄙俗的人宽容，轻薄的人敦厚。"因此后世称柳下惠为"和圣"，以"和风百世"来称赞他。

老子西游到函谷关时，关令尹喜望见有紫气浮于半空，知道有圣人要通过关口。他仔细搜索找到了老子，并要求他留下一部著作给人间，于是老子写了一部《道德经》。孔子见两个小孩在争辩，就问原因。一个小孩说："我认为日出时离人近，而日中时离人远。"另一个说："我认为日出时离人远，而日中时离人近。"第一个小孩说："日出时大如车盖，日中时则如盘子一样，这不就说明远的小近的大吗？"第二个小孩说："日出时感觉凉快，而日中时如在热汤中一样，这不就说明近者热而远者凉吗？"孔子也没法回答。两个小孩嘲笑道："谁说你聪明呢？"

汉武帝时有个东郭先生，生活贫困。冬天在雪地行走，鞋子没有鞋底，脚踏在地上。路人都嘲笑他，他却逍遥自如。南齐大臣张融生活十分节俭，上朝时还穿着破衣服。齐高帝曾下诏赐衣服给他，并说："看你穿的衣服太破旧了，知道这是你一贯作风，但是与朝廷名望不符，现在送一件我穿过的衣服给你，已经让人照你的身材重新缝改好了。"

唐代卢杞做虢州刺史时,有三千头官府养的猪祸害民间。唐德宗令人把猪赶往其他地方,卢杞说:"其他地方也有百姓,应该把这些猪吃了最好。"皇帝就下旨将猪送给当地贫民。光武帝刘秀讨伐王郎时,彭宠负责为军队运粮,他自负有功,常向人夸耀。

唐朝崔铉在江陵做官时,见有个人经常在江上钓鱼,钓到鱼就去换酒喝,高兴了就放声歌唱。人们问他:"这是隐士的生活吗?"那人说:"姜子牙、严子陵是隐者,殊不知他们钓的是名声。"然后就离开了。宋人卓彦恭曾路过洞庭湖,看到一个老翁月下泛舟,于是问他有鱼没有。老翁说:"无鱼,有诗。"就敲着船桨唱道:"八十沧浪一老翁,芦花江上水连空。世间多少乘除事,良夜月明收钓筒。"唱完就离开了。

前秦韦逞的母亲宋氏家学渊源,熟悉《周礼》。前秦君主苻坚知道后便派了一百二十名学生跟着她学习,并封她为"宣文君"。东晋朱序镇守襄阳,抵抗苻坚的进攻,朱序的母亲韩氏认为城西北角会先受敌,就率领百余名婢女及城中的女丁在西北角筑新城。后来前秦部队果然进攻西北角,朱序率众据守新城,最终迫使前秦军队溃退。汉代王阳担任益州刺史,走到一个叫九折阪的地方,山高路险,说:"我的身体是祖先给我的,怎么能经过这么危险的地方呢?"于是返回。后来,王尊担任益州刺史,走到九折阪时问:"这里是不是王阳惧怕的险道?"得知确实是九折阪后便说:"王阳要做孝子,我要做忠臣。"便呵斥车马冲了过去。

战国时齐国内乱,齐王被杀。大臣王孙贾回到家中,他的母亲说:"你早晨出去晚上回来,我靠在门口张望你,你晚上出去不回来,我也会靠在门口张望你,现在国王逃走了,你不知道他去了哪儿,怎么能回家?"于是王孙贾率国人杀掉叛臣,平定了叛乱。王莽篡汉后,扬雄的门人刘芬因符命获罪,被流放。扬雄正在天禄阁校书,怕被株连,就从阁楼上跳下,几乎摔死。

一次梁红玉到官府看见一只老虎蹲卧在走廊下,非常害怕,再看时才发现是一个人。这个人便是南宋名将韩世忠。梁氏看出韩世忠未来一定大有可为,便嫁给了他。后来韩世忠果然富贵,梁氏被封为梁国夫人。冯后是汉元帝的妃子,汉元帝喜欢游虎圈,一次带着妃子们去看斗兽。突然跑出一头熊,妃子们纷纷惊走,只有冯婕妤挡在汉元帝身前。随从赶忙冲过去杀死了熊。这时,汉元帝问她为什么不跑反而还挡在前面?冯婕妤说:"猛兽捕到人就会停下来,所以我以身挡住。"她由此得到汉元帝的宠信。

汉乐府《陌上桑》描绘美丽的罗敷在采桑时,遇到官员企图霸占她,被她严词拒绝的故事。樊通德是汉成帝皇后赵飞燕的侍从,后来她成为伶玄的小妾,经常给他讲述赵飞燕姐妹的事迹,并让他记录下来。这就是后来的《飞燕外传》。

二 冬

汉称七制,唐羡三宗[①]。杲卿断舌,高祖伤胸[②]。
魏公切直,师德宽容[③]。祢衡一鹗,路斯九龙[④]。

纯仁助麦,丁固梦松⑤。韩琦芍药,李固芙蓉⑥。
乐羊七载,方朔三冬⑦。郊祁并第,谭尚相攻⑧。
陶违雾豹,韩比云龙⑨。洗儿妃子,校士昭容⑩。
彩鸾书韵,琴操参宗⑪。

〔注释〕

①七制:指汉代七位治国有道的皇帝,西汉的高祖、文帝、武帝、宣帝,
东汉的光武帝、明帝、章帝。三宗:指唐代三位最有作为的皇帝,太宗、玄
宗、宪宗。

②杲(gǎo)卿:颜杲卿(692—756),字昕,京兆万年(今陕西西安)人。
唐朝中期名臣。

③魏公:指韩琦(1008—1075),字稚圭,号赣叟,相州安阳(今河南安
阳)人。北宋政治家。因其爵位为魏国公,故后人称他魏公。师德:娄师
德(630—699),字宗仁,郑州原武(今河南原阳)人,唐朝宰相、名将。

④祢衡(173—198):字正平,平原郡般县(今山东临邑)人。东汉末年
名士,恃才傲物。鹗:即鱼鹰。路斯:张路斯(生卒年不详),十六岁考中进
士。唐朝景龙年间(707—709)曾任宣城(今安徽宣城)县令。

⑤纯仁:指范纯仁(1027—1101),字尧夫,苏州吴县(今江苏苏州)人。
北宋名臣范仲淹次子,政治家,人称"布衣宰相"。丁固(198—273):本名
丁密,字子贱,会稽山阴(今浙江绍兴)人,三国东吴大臣。

⑥李固:李固言(782—860),字仲枢,赵郡赞皇(今河北赞皇)人。唐
朝中期宰相。

⑦方朔:东方朔(约前161—前93?),字曼倩,平原郡厌次(今山东惠
民)人,西汉著名文学家。为人诙谐,滑稽多智。

⑧郊祁:宋庠(xiáng)、宋祁兄弟。宋庠(996—1066),初名郊,字伯

庠,北宋大臣、文学家。宋祁(998—1061),字子京,祖籍安州安陆(今湖北安陆),生于雍丘(今河南民权)。北宋著名文学家、史学家。并第:一起考中进士。谭尚:袁谭、袁尚兄弟。袁谭(?—205),字显思,汝南汝阳(今河南商水)人。东汉末年军阀。袁尚(?—207),字显甫,东汉末年军阀。

⑨雾豹:雾中的豹子,喻指隐居蛰伏。韩:指韩愈(768—824),字退之,河南河阳(今河南孟州)人,自称"郡望昌黎",世称"韩昌黎""昌黎先生"。唐代著名文学家、思想家,"唐宋八大家"之首。云龙:古人传说云从龙,风从虎。龙出行一定有云跟随。后用来形容朋友间相处融洽。

⑩洗儿:旧俗婴儿出生三天,要给孩子洗澡。校(jiào)士:评定士人优劣。昭容:古代女官名。此处指上官婉儿(664—710),姓上官,又称上官昭容,陕州陕县(今河南陕州)人,唐代女官、诗人、皇妃。

⑪参宗:即参禅,佛教徒将心专注于某一个对象,通过反观内心,觅求心性,达到明心见性的一种修行法门。

[译文]

　　两汉前后四百多年,值得称道的有西汉高祖、文帝、武帝、宣帝和东汉光武帝、明帝、章帝七位君主。唐代最有作为的是唐太宗李世民、唐玄宗李隆基、唐宪宗李纯三位皇帝。

　　唐代安史之乱时颜杲卿任常山太守,抗击叛军。不久城破,被押到洛阳。他坚贞不屈,怒骂安禄山,被叛贼钩断了舌头,在含糊不清的骂声中遇害。楚汉战争时汉高祖刘邦与项羽在阵前对话,项羽怒而放箭射中刘邦胸部。刘邦为了不动摇军心,按住脚说:"只射中了我的脚趾而已。"

　　宋代魏国公韩琦,多次上疏皇帝,阐明得失、端正纲纪、亲近忠臣、远离奸邪。有人称赞他说:"现在的谏官进谏不是言辞不切实际，就是有所顾忌，只有你的言论才真正称得上恳切而不迂腐。"唐代宰相娄师德身体肥胖，行走缓慢。一次他和李昭德一起上朝，李昭德嫌他走得慢，便骂他是个农夫。没想到娄师德不但不生气反而还笑着说："我不是农夫谁是农夫呢？"

汉末祢衡个性高傲自负，孔融向曹操推荐祢衡时说："几百只鸷鸟也比不上一只鹗鸟，正如再多普通人也比不上祢衡一样。"传说唐人张路斯外出钓鱼，回来的时候浑身湿透。夫人问他怎么回事，他回答说："我是龙，蓼县人郑祥远也是龙，他与我争宝殿。明天交战，让九个儿子来给我帮忙。"次日，张路斯的九个儿子一起用弓箭射郑祥远，并将其射中。事后张路斯和他的九个儿子都化龙而去。

宋代范纯仁曾到姑苏运麦子，回来的时候遇到石曼卿。当时石曼卿家有三件丧事，但没有钱处理。范纯仁就将麦子送给了他。三国东吴丁固，字子贱，一次他梦到松生腹上，醒后对人说："'松'字可拆为'十八公'，十八年后，我肯定能当三公。"后来果然言中。

韩琦担任郡守时，家里的芍药开了四朵花，红瓣中间有黄色的蕊，名为"金缠腰"。他邀王珪、王安石、陈升之一起赏花，后来四人都担任宰相。唐代李固言落榜后遇到一位老太太，老太太说："您明年芙蓉镜下及第。"第二年李固果然考中状元，考题中竟然有一题为"人镜芙蓉"。

东汉人乐羊子出外求学，一年后回家。妻子问他缘由，他说："长久在外，想家了。"妻子就用刀砍断织机上的布说："你去求学，半途而归，与我现在割断布匹有什么不同？"乐羊子受到感动,回去继续学业,七年不返。汉代人东方朔曾上疏汉武帝说:"我十三岁开始读书,三年就可以写文章熟悉历史典故了。"

北宋宋郊、宋祁兄弟俩同时考中进士。东汉末年袁谭与袁尚是同父异母兄弟,他们的父亲袁绍死后,两人互相攻伐,争夺权力。曹操乘机举兵,消灭了他们。

战国时答子做陶地长官五年后回家,随行车辆达百辆,家产倍增。妻子对他的母亲说:"我听说雾中的豹子七天不去捕食,就是为了让皮毛长好,以便藏身。猪、狗贪食吃肥了很快就被杀了。答子在陶地做官,国穷自己富,国君不敬重他,老百姓不拥护他,这是败亡的征兆。"后来答子果然被诛杀。唐代文学家韩愈在《醉留东野》中写道:"希望自己和孟郊分别变成云和龙,从而能长期相聚。"

唐朝杨贵妃收安禄山为养子,让宫女用锦绣裹住安禄山,在宫中行洗儿礼。唐玄宗看后,不以为耻,反赐给贵妃洗儿钱。上官婉儿是唐中宗的昭容,在宴饮时常代皇帝及皇后赋诗作文,并品评裁定大臣们的诗歌优劣。

唐代书生文箫与仙女吴彩鸾结婚。文箫家贫无法养活自己,吴彩鸾就每天写韵书一部,卖掉以换取衣食度日。宋代苏轼在杭州时与乐妓琴操游西湖并玩参禅的游戏。苏轼说:"你们扮作长老,提问我参禅。"琴操问:"像我这样的人,最终会是什么结果?"苏轼说:"门前冷落车马稀,老大嫁作商人妇。"琴操听后恍然大悟,即日削发为尼。

三 江

古帝凤阁,刺史鸡窗①。亡秦胡亥,兴汉刘邦②。

戴生独步,许子无双③。柳眠汉苑,枫落吴江。

鱼山警植,鹿门隐庞④。浩从床匿,崧避杖撞⑤。

刘诗瓿覆,韩文鼎扛⑥。愿归盘谷,杨忆石淙⑦。

弩名克敌,城筑受降。韦曲杜曲,梦窗草窗⑧。

灵征刍狗,诗祸花龙⑨。嘉贞丝幔,鲁直彩缸⑩。

〔注释〕

①古帝:指黄帝,姓公孙,号轩辕氏。中国远古时代华夏部落联盟首领。

②胡亥(前230—前207):即秦二世(前210—前207在位),嬴姓,名胡亥,中国历史上有名的暴君。

③戴生:戴良(生卒年不详),字叔鸾,汝南慎阳(今河南正阳)人。东汉隐士。许子:许慎(约58—约147),字叔重,汝南召陵(今河南漯河)人。东汉经学家、文字学家。编有世界上第一部字典《说文解字》。

④植:曹植(192—232),字子建,沛国谯县(今安徽亳州)人,曹操第三子。汉末三国时期文学家。庞:庞德公(生卒年不详),荆州襄阳(今湖北襄阳)人。东汉末年隐士。

⑤浩:即孟浩然(689—740),名浩,字浩然,襄州襄阳(今湖北襄阳)人。唐代著名的山水田园诗人。

⑥刘:刘基(1311—1375),字伯温,浙江青田(今浙江文成)人。元末明初政治家、文学家,明朝开国元勋。瓿(bù)覆:西汉学者刘歆对扬雄说,

现在的学者一味追名逐利，而无真才实学，他们的著作肯定会被拿去盖酱坛子。瓿，本意是古代的一种小瓮，用以盛酒水或者酱。瓿覆，后来指著作没有什么价值。鼎扛（gāng）：双手举起鼎。比喻笔力雄健，气势不凡。也作扛鼎。

⑦杨：杨一清（1454—1530），字应宁，别号石淙，云南安宁（今云南安宁）人。明代大臣。

⑧梦窗：吴文英（约1200—约1260），字君特，号梦窗，四明（今浙江宁波）人。南宋词人。草窗：周密（1232—1298），字公谨，号草窗。吴兴（今浙江湖州）人。宋末元初文学家、书画鉴赏家。

⑨刍狗：古代祭祀时用草扎成的狗，用于祭祀，用后即被丢弃。后喻微贱无用的事物或言论。尨（máng）：犬。

⑩嘉贞：张嘉贞（666—729），蒲州猗氏（今山西临猗）人。唐朝宰相。鲁直：黄庭坚（1045—1105），字鲁直，号山谷。洪州分宁（今江西修水）人。北宋著名文学家、书法家。

〔译文〕

上古黄帝时期，凤凰在阿阁筑巢，这是祥瑞的征兆。晋代兖州刺史宋处宗在窗前养了一只长鸣鸡，有一天鸡忽然说起人语来，而且善于辩论。宋处宗经常与它谈论，口才大为长进。

秦始皇死后，胡亥勾结赵高篡夺皇位，成为秦二世。秦二世残暴不仁，激起民众反抗，胡亥被迫自杀，其侄子婴继位，不久便被项羽杀掉，秦朝灭亡。楚汉战争中，刘邦最终战胜楚霸王项羽，建立了汉朝。

东汉戴良言谈高远奇异，经常发表惊世骇俗的言论，曾说："我就像孔子、大禹，独一无二，没人能和我比。"东汉许慎年少时便博通经籍,大学者马融很推重他。当时大家都称赞他说:"在研究五经方面,没人能和许慎比。"

《三辅旧事》中说:汉朝皇宫中有棵柳树,长得和人一样,被称为"人柳"。这棵柳树每天三次卧倒三次起来,像人睡觉和醒来一样。唐代崔信明有一次遇到郑世翼,郑世翼说道:"听说你有'枫落吴江冷'的诗句,让我看看其余诗句。"崔信明很高兴地拿出多篇旧诗作。郑世翼没看完就说:"所见不如所闻。"说完就将诗文投到水里了。

三国曹植有一次登鱼山,忽然听到有诵经声,便恭敬地聆听起来,后来他根据此韵律创作出《太子颂》等乐。东汉末年庞德公是位贤士,长年不进城,荆州刺史刘表数次请他出山,他都不理。后来庞德公便带着妻子登鹿门山采药,隐居在深山里,再也没有回来。

唐代孟浩然四十岁时游历京城,王维私下邀请他进内署,正好唐明皇来了,孟浩然躲到床下,王维据实报告给皇帝。皇帝说:"早就听说这个人的名声,还没见过。"便令孟浩然出来,让他诵读自己的诗歌。汉明帝刘庄心胸狭隘又喜欢苛责属下,公卿大臣们经常被他责备。汉明帝曾经因事而杖打郎药崧,郎药崧逃到床底下。汉明帝更恼怒,急道:"你出来。"药崧说:"天子诸侯各有各的威严、仪态,但从未听说有君王自己动手打人的。"

刘伯温有诗集《覆瓿集》。"覆瓿"源自西汉末年刘歆与扬雄的一次谈话。刘歆说:"现在的学者追名逐利,他们的著作以后只能去盖酱坛子了。"唐代文学家韩愈诗文笔力雄健,力透纸背,似乎可以举起大鼎。

盘谷在河南济源县北,唐代李愿到这里隐居,韩愈专门写了《送李愿归盘谷序》记录此事。明代杨一清把自己在镇江的住所命名为"石淙精舍"。

宋代韩世忠在金人入侵时,造了一种弓弩,射程远、杀伤力强,宋高宗命名为"克敌"。受降城为汉武帝时公孙敖所筑,以接受匈奴的投降,后来唐朝也曾建过受降城。

唐代富翁韦安石在西安府南的韦曲建有花园,宰相杜佑也在杜曲建有别墅。他们两氏族显赫时,许多王公贵族也都居住在那里,韦曲、杜曲成为富豪聚居地。南宋吴文英,号梦窗,周密,号草窗,两人都是南宋著名词人。

魏国的太史曾三次问周宣梦见草扎成的狗是什么征兆,结果周宣三次回答都不一样,但最后又都和这个人的遭遇相符合。明代诗人高启有两句诗"小犬隔花空吠影,夜深宫禁有谁来"触怒了明太祖而被杀,因此人们都说这是"诗祸"。

唐代宰相张嘉贞想招郭元振为女婿,就说:"我有五个女儿,各持一丝躲在幕帘后,你牵中哪一条,就是选中哪一个。"结果郭元振挑中一条红丝,是张嘉贞的三女儿,既贤惠又漂亮。宋代黄庭坚的儿子向苏迈之女求婚,用红彩绸缠着酒缸作为彩礼。

四 支

王良策马,傅说骑箕①。伏羲画卦,宣父删诗②。
高逢白帝,禹梦玄彝③。寅陈七策,光进五规④。

鲁恭三异,杨震四知⑤。邓攸弃子,郭巨埋儿⑥。

公瑾嫁婢,处道还姬⑦。允诛董卓,玠杀王夔⑧。

石虔趫捷,朱亥雄奇⑨。平叔傅粉,弘治凝脂⑩。

伯俞泣杖,墨翟悲丝⑪。能文曹植,善辩张仪。

温公警枕,董子下帷⑫。会书张旭,善画王维。

周兄无慧,济叔不痴⑬。杜畿国士,郭泰人师⑭。

伊川传易,觉范论诗⑮。董昭救蚁,毛宝放龟。

乘风宗悫,立雪杨时⑯。阮籍青眼,马良白眉。

韩子孤愤,梁鸿五噫。钱昆嗜蟹,崔谌乞麋。

隐之卖犬,井伯烹雌⑰。枚皋敏捷,司马淹迟⑱。

祖莹称圣,潘岳诚奇⑲。紫芝眉宇,思曼风姿⑳。

毓会窃饮,谌纪成粲。韩康卖药,周术茹芝。

刘公殿虎,庄子涂龟㉑。唐举善相,扁鹊名医。

韩琦焚疏,贾岛祭诗㉒。康侯训侄,良弼课儿㉓。

颜狂莫及,山器难知㉔。懒残煨芋,李泌烧梨。

干楒杨沛,焦饭陈遗。文舒戒子,安石求师。

防年未减,严武称奇㉕。邓云艾艾,周曰期期㉖。

周师猿鹳,梁相鸲鸲㉗。临洮大汉,琼崖小儿。

东阳巧对,汝锡奇诗㉘。启期三乐,藏用五知㉙。

堕甑叔达,发瓮钟离。一钱诛吏,半臂怜姬。

王胡索食,罗友乞祠㉚。召父杜母,雍友杨师㉛。

直言解发,京兆画眉㉜。美姬工笛,老婢吹篪㉝。

〔注释〕

①傅说(yuè,约前 1335—前 1246):商王武丁时期宰相,政治家、军事家。

②伏羲:传说为华夏民族始祖,三皇之一。宣父:即孔子,唐太宗贞观年间尊其为宣父。

③禹(生卒年不详):姒姓,因治水有功而接替舜为帝,夏朝开国君王。

④寅:胡寅(1098—1156),字明仲,学者称致堂先生,宋建州崇安(今福建武夷山)人。宋代官员、学者。光:司马光(1019—1086),字君实。陕州涑水(今山西夏县)人,北宋政治家、史学家。

⑤鲁恭(32—112):字仲康,陕西平陵(今陕西咸阳)人。东汉官员。杨震(？—124):字伯起,弘农华阴(今陕西华阴)人。东汉名臣。

⑥邓攸(？—326):字伯道,平阳襄陵(今山西襄汾)人。两晋大臣。郭巨(生卒年不详):东汉隆虑(今河南林州)人。古代二十四孝之一。

⑦公瑜:钟离瑾(967？—1030),字公瑜,庐州合肥人。北宋官员。处道:杨素(544—606),字处道,弘农华阴(今陕西华阴)人。隋代军事家、权臣、诗人。

⑧玠:余玠(1199—1253),字义夫,号樵隐,蕲州(今湖北蕲春)人。南宋名将。

⑨石虔:桓石虔(？—388),字镇恶,谯国龙亢(今安徽怀远)人。东晋名将。

⑩平叔:何晏(？—249),字平叔,南阳郡宛(今河南南阳)人。三国曹魏大臣、玄学家。

⑪墨翟:即墨子(前 476—前 390),名翟,春秋末宋国人。中国古代思想家、教育家、科学家,墨家学派创始人。

⑫董子:董仲舒(前179—前104),广川(今河北广川)人。西汉哲学家、政治家。

⑬周:晋悼公,在位15年(前572—前558),姬姓,名周。

⑭杜畿(163—224):字伯侯,京兆杜陵(今陕西西安)人。汉末三国曹魏大臣。郭泰(128—169):字林宗,太原介休(今山西介休)人。东汉名士。

⑮伊川:程颐(1033—1107),字正叔,洛阳伊川(今河南洛阳)人,世称伊川先生。北宋理学家、教育家。觉范:惠洪(1071—1128),字觉范,号寂音尊者。北宋著名诗僧。

⑯宗悫(què,?—465):字元干,南阳涅阳(今河南邓州)人。南朝宋名将。杨时(1053—1135):字中立,号龟山,南剑龙池团(今福建三明)人。北宋哲学家、官吏。

⑰烹雌:烹煮伏雌。伏雌指母鸡。

⑱枚皋(前153—?):字少孺,淮阴(今江苏淮安)人。西汉辞赋家。司马:司马相如(约前179—前118),字长卿,蜀郡成都人。西汉辞赋家。

⑲祖莹(?—535):字元珍,范阳遒县(今河北涞水)人。北魏大臣、文学家。潘岳(247—300):字安仁,荥阳中牟(今河南中牟)人。西晋文学家。

⑳紫芝:元德秀(约695—约754),字紫芝,河南(今河南洛阳)人。唐代诗人。

㉑刘公:刘安世(1048—1125),字器之,号元城,魏州元城(今河北大名)人。北宋大臣。

㉒贾岛(779—843):字阆仙,一作浪仙,河北范阳(今河北涿州)人。唐代诗人,人称"诗奴"。

㉓康侯:胡安国(1074—1138),字康侯,号青山,谥文定,建宁崇安(今福建武夷山)人。北宋学者。

㉔颜:颜延之(384—456),字延年,琅玡临沂(今山东临沂)人。南朝宋文学家。山:山涛(205—283),字巨源,河内怀县(今河南武陟)人。魏晋时期名士,"竹林七贤"之一。

㉕严武(726—765):字季鹰,华州华阴(今陕西华阴)人。唐朝中期名将、诗人。

㉖邓:邓艾(197—264),字士载,义阳棘阳(今河南新野)人。三国曹魏名将。周:周昌(?—前192),沛(今江苏沛县)人。西汉初期名臣。

㉗鹄(hú):古人对天鹅的称呼。鹓(yuān)鸱(chī):鹓是中国古代传说中类似凤凰的鸟。鸱则是指猫头鹰一类的鸟。

㉘东阳:李东阳(1447—1516),字宾之,号西涯,湖广茶陵(今湖南茶陵)人。明代宰相、文学家。

㉙藏用:李若拙(944—1001),字藏用,京兆万年(今陕西西安)人。北宋初年官员。

㉚王胡:王胡之(?—348),字修龄,琅玡临沂(今山东临沂)人。东晋大臣。

㉛召父:召信臣(生卒年不详),字翁卿,九江寿春(今安徽寿县)人。西汉清官。杜母:杜诗(?—38),字君公,河南汲县(今河南卫辉)人。东汉官员,水利家、发明家。

㉜京兆:张敞(前?—前48),字子高,茂陵(今陕西兴平)人。西汉大臣,曾任京兆尹。

㉝篪(chí):古代竹管乐器,形似笛。

〔译文〕

中国古代天文学上将一颗星命名为"王良",传说王良本为春秋时人,善驾驭马。王良星旁边有一颗星叫"策"。如果策星移到王良星旁边，就叫"王良策马"，据说出现这种星象就会发生战争。传说商王武丁的宰相傅说死后成为天上的星座，在箕尾之间，因此人们称其为"骑箕"。

传说伏羲曾创立八卦，孔子曾经将三千多篇诗删选至三百余首，成为今天的《诗经》。

汉高祖刘邦有一次酒醉后走在沼泽中，碰见大蛇当道，拔剑将蛇斩为两段。后来他遇到一个老妇在路边哭泣，便上前询问。老妇说："我的儿子是白帝之子，今天化为一条蛇在路上睡觉，结果被赤帝的儿子给杀了。"大禹登衡山时，梦见一位穿着红色衣服的男子自称玄彝苍水使者，对他说："若想得到神书，需要在山下黄帝住的地方斋戒三个月，再去山上挖石头，就可以找到了。"大禹按照梦中的指示果然得到了金简玉牒，上面讲的都是治水的办法。

南宋胡寅曾上疏宋高宗，提出罢议和、修战备等七项策略。北宋司马光曾提出保业、惜时、远谋、谨微、务实五规劝谏宋仁宗革除弊政。

东汉鲁恭任中牟县令时，邻县都发生了蝗灾，唯独中牟幸免于难。朝廷派人前往察看，看到儿童身旁有野鸡，问儿童为何不捕捉，儿童说："鸡是雌的，而且将孵小鸡。"袁安于是说："虫不入境，恩德泽化及禽兽，儿童也有仁心。这是中牟的三异。"东汉杨震曾推荐昌邑令王密做官。杨震路过昌邑，王密夜怀十金送给杨震。杨震拒不接受。王密说："深夜没有人知道。"杨震说："天知、地知、你知、我知，何谓无知？"

西晋末年天下大乱，邓攸在战乱中舍弃亲生儿子，带着侄子逃难。汉代郭巨，家贫不能赡养母亲，就打算把儿子埋掉，结果在挖坑时挖到一罐黄金，罐子上还写着："天赐孝子郭巨。"这样郭巨才富裕起来，也不用埋掉儿子了。

宋代德化县令钟离瑾买来一婢女作为女儿的陪嫁，后来发现这个婢女是前任县令的女儿，就将她以女儿一样的规格嫁出去了。隋灭陈后，陈朝的乐昌公主被赐给杨素。乐昌公主的丈夫徐德言寻访妻子，后来也流落到京城，杨素知道后，就让他们团聚了。

东汉末年董卓专权，王允设计笼络吕布，诛杀了董卓。南宋将领王夔残忍粗暴，为害一方。余玠召王夔议事，趁机杀掉了他。

晋人桓石虔身手勇猛矫健，有一次打猎看到一只老虎中箭伏在地上，众人怂恿他把虎身上的箭拔掉。桓石虔毫无惧色，上前拔得一箭。虎见人来，立刻跳起来，结果桓石虔也跳起来，而且比虎跳得还高，虎伏下身去，桓石虔又乘机拔得一箭。战国时期魏人朱亥是一位勇敢的侠士，隐居在大梁做一名屠夫。侯嬴把他推荐给魏公子信陵君无忌，无忌派他向秦王致意。秦王把他关到虎圈，朱亥头发直竖，怒目瞪虎，虎不敢动，秦王于是把他送回魏国。

三国魏人何晏，字平叔，他皮肤很白，魏明帝总怀疑他涂过粉，于是夏天让他喝热汤出汗，再以毛巾擦汗，以便试试他到底擦粉了没有。哪知道以毛巾擦拭后，他的皮肤更白了。晋朝人杜乂，字弘治，也是皮肤很好，王羲之曾赞叹说："面若凝脂，眼如点漆，神仙中人也。"

汉代孝子韩伯俞有一次犯错，母亲用手杖打他，他哭了。母亲说："以前打你没见你哭，现在怎么哭了？"韩伯俞说："以前打的时候感觉疼，我知道母亲健康。现在打在身上不疼，我感觉母亲力气衰弱了，所以悲泣。"墨翟是春秋战国时期思想家。他见染丝者而悲叹道："染于苍则苍，染于黄则黄。五入则为五色，不可不慎也。非独染丝，治国亦然。"

三国曹植，字子建，是曹操的第三子，富于文采。谢灵运曾说："天下才共一石，子建独得八斗。"张仪是战国魏人，善于辩论，帮秦国游说天下使其与秦国联合，诸国都争相割地给秦国。

北宋宰相温国公司马光生活节俭，居舍清净朴素，书籍却堆满了桌子。司马光读书刻苦，常年不懈。为了使自己读书时不睡着，他用圆木做枕头，这样睡着不舒服，便能起来继续读书。西汉大儒董仲舒，勤奋好学，他在讲学的时候总是把帷幕放下来，不看窗外景色。他甚至曾经三年不曾看过自家园中景色。

唐朝书法家张旭善写草书，经常大醉后写字，酒醒后重新审视自己的书法，认为是精妙之作。当时人们称他为草圣。唐朝诗人王维擅长绘画，苏轼说王维的诗画"诗中有画，画中有诗"。

春秋时期，晋厉公被杀，周子即晋悼公被立为君。本来应该由他的哥哥继承君位，但是周子的哥哥智力低，连豆子和麦子都分不清，所以没有即位。晋朝王湛，少言语，又藏拙，大家不了解他，以为他是傻子，连亲戚都对他不礼貌。他的侄子王济因此也没把他当叔叔看，一次去王湛家，见到他的床头放着《周易》，王济十分吃惊。他们谈论了一下《周易》，王济发现王湛剖析玄理，十分玄妙。又与他一起骑马，结果发现王湛骑术也很精湛。

晋武帝也跟其他人一样常以王湛为笑柄，后来他又问王济："你那个傻叔叔死了没有？"王济说："我叔叔不傻。"

杜畿是三国曹魏大臣，有一次与侍中耿纪彻夜谈话，被住在隔壁的尚书令荀彧听到了。第二天荀彧就派人对耿纪说：你家中有国士却不推荐给朝廷，这是失职。郭泰，字林宗，汉末名士，有个叫魏昭的年轻人请求侍奉他，说："学问上的老师容易找到，道德上的老师难寻。"

北宋理学家程颐，世称伊川先生，著有《伊川易传》等著作。南宋僧人觉范与其弟超然都对《诗经》颇有心得，超然说："作诗贵在自然。"觉范问："那怎样才懂得自然？"超然说："了解了萧何，就了解了韩信，就知道什么是自然了。"

汉代董昭曾乘船过钱塘江，见一只蚂蚁趴在草上漂在江中，情况危急，于是将它救起。当夜，董昭梦见一个黑衣人前来道谢，说自己就是白天被董昭所救的蚂蚁，而且是蚁王，若今后有难可向它求救。后来董昭入狱，蚂蚁挖出洞穴，他因此而逃了出来。晋将毛宝手下有个士兵曾放生过一只白龟。后来遭遇战败，那个士兵跳入江中，被一只龟所救，原来就是自己曾经放生的白龟。

南朝宋将领宗悫年少时，他的叔叔宗炳问他将来的志愿是什么。宗悫回答说：愿乘长风破万里浪。北宋杨时曾在一个冬天去拜见他的老师理学家程颐，程颐当时正闭目养神。杨时不敢打扰，就站在门外雪地里。等到程颐察觉时，门外已雪深一尺了。

三国时魏人阮籍，竹林七贤之一。阮籍对喜爱、尊重的人就青眼相待,遇到不喜欢的人就白眼相向。一次嵇喜来访,阮籍用白眼看他,嵇喜的弟弟嵇康来,阮籍就青眼相待。三国西蜀大臣马良,字季常。据说马良有兄弟五人,都有才名,马良眉中有白毛,乡里人说道:马氏五常,白眉最良。

战国时期韩国贵族韩非子,屡次向韩王进谏,韩王均不采纳。韩非子于是写下《孤愤》表达自己的悲愤。东汉隐士梁鸿一日经过洛阳,见皇宫豪奢壮丽,于是写下《五噫歌》感叹民生艰难。

北宋官员钱昆喜欢吃螃蟹,他曾经申请到地方任职,并说愿意去有螃蟹、没有人监视的地方为官。北齐官员崔谌仗着弟弟的权势向李绘索要麋鹿角、翎羽。李绘答复说:翎有翅膀,能飞到天上去;麋鹿有脚,能跑到海里去,我手足迟钝,不能捉到它们向奸佞的人献媚。

东晋官员吴隐之家贫,嫁女儿时,他让家人把看门狗牵出去卖了。春秋时秦国的贤相百里奚,字井伯。到秦国做官,后来他的妻子也流落到秦国,成为百里奚府中的洗衣工。她认出了百里奚,就唱道:"百里奚,你当初就值五张羊皮。今日富贵了就忘了我吗?"百里奚才知道是妻子,于是得以相认。

西汉文人枚皋才思敏捷,汉武帝出巡时,每有所感,则命他作赋。扬雄说,打仗的时候,发布檄文、传递军情,这种需要速度的文字就应该让枚皋写。西汉辞赋家司马相如写东西很慢,但文辞精美。扬雄说,朝廷重要的文章还是应该交给司马相如写,虽然慢,但文辞典雅华丽,无可挑剔。

北魏祖莹八岁能通《诗》《书》,父母担心他劳累,就禁止他长时间读书,他便趁父母睡后读书。当时人们称他为"圣小儿"。西晋文人潘岳年少时就以聪慧有才而著称,人称"奇章"。

唐代隐士元德秀,字紫芝。当时宰相房琯称赞他道:"每次见到紫芝的眉宇,使我的名利之心都消失了。"南朝齐名士张绪,字思曼。才文卓然,风姿清雅。齐武帝曾称赞蜀地的柳树说:"这柳树风流可爱,就像年轻时的思曼一样。"

三国北魏钟毓(yù)、钟会趁父亲睡觉时偷酒喝。钟繇(yáo)装睡偷眼观察,见钟毓先下拜后饮,钟会则只饮不拜。事后他问两个儿子原因。钟毓说:"酒以成礼,不敢不拜。"钟会说:"偷本非礼,所以不拜。"东汉名士陈寔在家中待客,让两个儿子陈纪、陈谌做饭。饭却迟迟没有做好。陈寔问原因。两个儿子说:"只顾听父亲与客人说话,饭煮成了粥。"陈寔问谈话的内容,结果两个儿子都完整地复述出来了。

东汉隐士韩康常采药卖于长安,从不与人讲价。一次有个女子买药,韩康不肯讲价,女子生气地说:"你是韩康吗,为什么不讲价?"韩康叹道:"我本为了隐姓埋名才卖药,想不到连小女子都知道我了,还卖什么药呢?"于是跑到霸陵山中隐居起来。周术,人称角(lù)里先生,西汉初年著名隐士,"商山四皓"之一。曾作《采芝歌》,其中有"晔晔紫芝,可以疗饥"的句子。

北宋官员刘安世,因敢于犯颜直谏,被称为"殿上虎"。庄子钓于濮水,楚王派使者请他做官。庄子说:"听说楚有神龟,已死三千年了。国君把它供奉在宗庙里。你们觉得这只龟是愿意死后留下骨头让人们供奉起来呢?还是愿意悠闲地在泥塘里拖着尾巴爬来爬去呢?"使者回答说:"愿意活在泥塘里。"庄子便说:"回去吧,我也愿意在泥塘里拖着尾巴爬来爬去。"

战国时蔡泽请唐举帮他算自己的寿命。唐举说:"从现在起,还有四十三年。"蔡泽说:"富贵四十三年够了。"后来蔡泽果然担任秦相。春秋战国时名医扁鹊的医术相当高明,能看出人的病在何处,因此被人们尊为神医。

北宋宰相韩琦曾做过谏官,他想效仿古人把进谏的奏疏烧掉,但又担心这样不能彰显皇帝从谏如流的美德,于是将这些奏疏整理成为《谏垣存稿》。唐代诗人贾岛每年除夕夜都要检查一年所作的诗文,并用酒肉祭奠,说:"劳损我一年精神,就用酒肉补偿一下吧!"时人把这叫作"祭诗"。

胡安国,字康侯。他的侄儿胡寅年少时很难管教。胡安国将他关在阁楼中,置书千卷在内。一年以后,胡寅把这些书都读熟了,后来考中了进士。南宋进士余良弼曾写教子诗:"白发无凭吾老矣,青春不再汝知乎? 年将弱冠非童子,学不成名岂丈夫。幸有明窗并净几,何劳凿壁与编蒲。功成欲自殊头角,记取韩公训阿符。"

南朝宋文学家颜延之仗着有些文采,曾说道:"我的狂放是众人遥不可及的。"西晋山涛器量不凡。晋打算灭吴,山涛不同意,认为保留吴国这个敌国,促使晋国精诚团结,奋发向上也是好事。很多人都佩服他的远见。

唐人李蘩的《邺侯家传》记载:李泌在衡岳的时候,有高僧明瓒,号懒残。一次李泌半夜前往拜谒。懒残让他坐下,用火煨芋头给李泌吃,并说:"别多说话,安心做十年宰相。"李泌后来果然为相。唐代宰相李泌好神仙道术,有一次他正绝食修炼的时候,唐肃宗召见他。肃宗知道他不吃肉,便亲自烤了两个梨给他吃。

东汉末年,杨沛曾拿出桑葚和野豆送给缺粮的曹操军队。晋人陈遗的母亲喜欢吃锅巴,陈遗每次煮饭,必定收集一些拿回家给母亲吃。陈遗后来在战乱中靠锅巴活命,人们认为这是上天对他行孝的回报。

三国魏人王昶,字文舒。曾写文章告诫他的子侄们重德行,远浮华。宋代王安石曾对其长子说:"启蒙老师一定要博学而道德高尚。"启蒙老师对学生影响尤其大,不能不谨慎。

西汉人防年的继母杀了父亲,防年就将继母杀死,官府判他大逆之罪。汉景帝对这个判罚表示疑惑。汉武帝时年十二,在旁边说:"继母杀其父的时候,已经算不上是母亲了,所以不能判防年大逆之罪。"唐代严武的生母裴氏不为父亲严挺之喜欢。严挺之只宠爱小妾玄英。严武当时只有八岁,打死了玄英。仆人向严挺之报告说:"孩子失手杀了玄英。"严武说:"哪有大臣厚待小妾而疏远正妻的?我是故意杀她,不是失手。"严挺之竟认为严武言行雄奇。

三国时魏将邓艾口吃,与人说话经常说出几个"艾"。司马昭和他开玩笑说:"你总说艾艾,到底有几个艾?"邓艾说:"凤兮凤兮,故是一凤。"西汉人周昌口吃,刚直敢言。汉高祖刘邦想改立太子,周昌生气地说:"臣口不能言,然期期知其不可。陛下欲易太子,臣期期不奉诏。"

《抱朴子》说周穆王带兵南征,一军尽化,君子化为猿为鹤,小人为虫为沙。战国时惠施做了魏国的相,庄子去看他。有人对惠施说庄子来这里是想抢夺相国的宝座。惠施就派兵在国内搜捕庄子，搜了三天三夜也没找到。后来庄子自己找上门来，他对惠施说："南方有鸟，名鹓。这种鸟不是梧桐树不栖息，不是竹实不吃，不是甜美的泉水不饮。一次猫头鹰找到一只腐烂的老鼠，鹓刚好从它头上飞过，猫头鹰以为它要来抢死老鼠便仰起头来，叫道：'吓！现在你是想用这梁国来吓我吗'？"

秦始皇统一六国这一年，临洮出现了十二个巨人。这些巨人身高五丈，脚长六尺，身穿胡服。秦始皇收集天下的兵器，仿照这些巨人的样子铸造了十二个巨大的铜人。东汉末年，董卓毁掉了其中的十个铜人，到前秦符坚时，剩余的两个铜人也被毁坏。宋人李守忠去琼州，遇到八十多岁的杨避举。李守忠到他家里做客，发现杨避举的父亲已经一百二十多岁，祖父一百九十五岁了。又见梁上鸡窝中有一小孩探头往下看。杨避举的祖父说："这是我的九世祖，平时不说话、不吃东西，也不知道他多大岁数了。"

明人李东阳善对对联。年少时入宫觐见皇帝因身矮不能迈过门槛，皇帝说："神童足短。"李东阳立刻对道："天子门高。"皇帝让东阳坐下，而他的父亲还站在一旁，皇帝说："子坐父立，礼乎？"对道："嫂溺叔援，权也。"帝又说："螃蟹浑身甲胄。"东阳对道："蜘蛛满腹经纶。"宋人陈汝锡幼时聪颖，曾作诗："闲愁莫浪遣，留为痛饮资。"黄庭坚称赞说："这是同道中人！"

孔子游泰山，见荣启期穿着破旧，却仍在弹琴唱歌。孔子便问他怎么这么高兴？荣启期说："天生万物，人为贵，我生而为人，一乐；男尊女卑，我为男子，二乐；有人生下来连日月都没见过就夭折了，我现在快九十岁了，三乐。"宋代官员李若拙，字藏用，曾作《五知先生传》来说自己：知时、知难、知命、知退、知足。

东汉孟敏，字叔达。一次他的甑掉在地上摔破了，他也不管继续走路。郭泰问他缘故，孟敏说："甑已经摔破了，回头看又有什么用？"东汉官吏钟离意出钱修孔子庙。有一个叫张伯的在堂下挖到玉璧七枚，藏起一枚，剩下的交给钟离意。但是钟离意打开孔子留下的一个瓮，发现里面有文字写着有七枚玉璧。于是质问张伯，张伯只好承认。

宋朝张咏做知县时，一个小吏从银库中出来，鬓发上夹着一枚库中的钱。张咏命人杖打他。小吏大怒道："一枚钱算什么！你能打我，还能斩我不成！"张咏拿笔判决："一日一钱，千日千钱；绳锯木断，水滴石穿。"亲自提剑斩杀了他。宋朝宋祁有众多妻妾，一次宴会上觉得冷，便派人回家拿短袖上衣，结果众妻妾各送一件，共十余件。宋祁担心妻妾感觉有亲疏厚薄之嫌，只好不穿忍冻回家。

晋人王胡家贫，陶范送一船米给他，王胡推辞不受，说："我要是没饭吃，就会找谢仁祖要吃的，用不着你的米。"晋人罗友好酒，又喜欢向人乞讨祭祀后剩下的酒食。有一次他到得太早了，只好躲在门边，等到天亮后得到食物才回来。

西汉召信臣任南阳太守时，兴修水利，教导百姓，得到老百姓的爱戴，人称"召父"。东汉杜诗任南阳太守时，除暴安良，爱惜民力，人称"杜母"。百姓说："前有召父，后有杜母。"宋代杨用中曾对张浚说："杨仲远可以为师，雍退翁可以为友。"

唐代贾直言被流放到南海，他对妻子说："我去了不知道什么时候能回来,你趁早改嫁。"但妻子董氏却扎起头发,用布帛包起来,让贾直言在上面写上名字,说:"只有你能解开。"二十年后贾直言回来了,妻子头上的布帛如故,解下来洗头时,头发都烂掉了。汉代张敞担任京兆尹,亲自为妻子画眉。皇帝听说他画眉的事,就询问起来。张敞回答说:"闺房之内还有比画眉更为亲密的事呢。"皇帝听了也没怎么责备他。

晋代石崇有个美姬名叫绿珠,善吹笛,孙秀曾向石崇讨要绿珠不得,就假称圣旨收捕石崇并最终将其杀害。绿珠也跳楼自尽。北魏河间王元琛有个婢女叫朝云,善于吹篪。羌人叛乱时,朝云扮作贫苦老妇在阵前吹篪乞讨,羌兵听到悲凉的篪声,感动得纷纷流泪,相继归降了北魏。

五 微

敬叔受饷,吴祐遗衣①。淳于窃笑,司马微讥。
子房辟谷,公信采薇②。卜商闻过,伯玉知非。
仕治远志,伯约当归。商安鹑服,章泣牛衣③。
蔡陈善谑,王葛交饥。陶公运甓,孟母断机④。

〔注释〕

①遗(wèi):给予,馈赠;交付。

②辟谷:一种养生方式,又称却谷、绝谷等。古代方术神仙道家一派认为不食五谷,而以丹药等物充腹,或在一定时间内断食,可得养生。

③鹑(chún)服:这里指补丁很多的衣服。

④甓(pì):砖;用砖砌。

[译文]

南朝齐人何敬叔为官清廉,不接受礼品。有一年忽然在门上张榜宣告自己接受礼物,很快便收到米二千八百石,他把这些米都送给了穷人。汉代人吴祐为官清正廉明。有一孙姓官员私取民财为父买衣,其父骂他:"有这么好的上司,你怎么忍心谋私?"于是孙姓官员持衣到吴祐面前认罪。吴祐认为他能改过,且其父又有德行,就把衣服赠给了他。

战国时齐王让淳于髡以黄金百斤、马四十匹为礼物送给赵国,让赵国发援兵救齐国。淳于髡大笑,系帽子的带子都挣断了。齐王问何故,淳于髡说:"我来齐国的路上见有人祭神,祭品就一个猪蹄、一杯酒,却希望能得到大丰收。贡品少而想得到的太多,所以我才大笑。"齐王领会了他的意思,于是给他黄金千镒、白璧十双、车马百驷至赵国,赵国立即发精兵十万援助齐国。唐代卢藏用考不中进士,就隐居在终南山以博取好名声从而求官。后来他果然靠着这个办法当了官,他还指着终南山对司马承祯说这里风景不错。司马承祯回答说,这山不过是当官的捷径罢了。

汉代张良,字子房。他辅佐刘邦建立汉朝有功,被封为留侯,并说:"被封为万户侯,这是平民百姓所能达到的极致,对我来说已经满足了。"于是他就此抛弃人间事务,跟着方术之士修炼辟谷之术。商末孤竹国君的儿子伯夷,与弟弟叔齐因反对武王伐纣而隐居到首阳山中,不吃周人的粮食,只靠在山中采野菜维持生活,最后都饿死了。

孔子的学生卜商,字子夏。曾子指出他的三个过错,子夏听后连忙说我知道错了,向曾子道歉。春秋时卫国大夫蘧伯玉,每天都反省自己。据说他五十岁的时候能知道自己前四十九年所犯的错误。

郝隆,字仕治,东晋高平人,曾在桓温军中任参军。谢安曾长期隐居,后在桓温军中任司马。有人给桓温送草药,其中有一味药叫远志。桓温问谢安:"此药为什么又名小草?"谢安还没来得及回答,桓温的部下郝隆就应声说:"隐居时称远志,出来就称小草。"讥讽谢安以隐居而求名。汉末姜维,字伯约,少年丧父,与母相依为命。归降蜀汉后其母亲仍然在魏国。一日收到母亲让他搜集中药当归的信,意思是让他回归魏国。姜维回信说:"良田百顷,不在一亩;但有远志,不在当归。"表明自己要在蜀汉建功立业。

卜商家贫,经常穿破旧的衣服,就像挂着的鹌鹑一样,但他却心安理得。汉代王章,家境贫困,生病了只能用盖在牛身上的草帘子盖在自己身上取暖。他哭着与妻子告别。其妻怒斥他说:"朝廷里谁的学问能超过你,不思进取,哭有什么用!"王章因此发奋,后来做了大官。可是他还不满足,他的妻子又劝他要常常想想自己当年盖着牛衣哭泣的时候。

北宋时蔡襄与陈亚都喜欢开玩笑。一次两人聚会,趁着酒兴,蔡襄题诗于屏风上说:陈亚有心便是恶。陈亚当即写道:蔡襄无口便成衰。这是两人拿对方的名字开玩笑。东晋王导与诸葛恢争论他们两个家族谁的地位高。王导说:"为什么不说葛王，而说王葛？"诸葛恢说："譬如说驴马，不说马驴难道是因为驴子比马强吗？"

晋人陶侃任广州刺史时，早晨运砖百块于书斋外，晚上又把这些砖搬回书斋内。有人问缘故，他说："我正致力于收复中原，要是日子过得太悠闲了，以后肯定不能承担重任，所以找些事来磨炼自己。"孟子上学回来，母亲问他学得怎么样。孟子回答说就那样吧。孟母正在织布，听他这样回答，便割断了正在织的葛布，说："你不认真学习，就像我割断葛布一样，半途而废一事无成。"于是孟子开始认真学习，最终成为大思想家。

六　鱼

少帝坐膝，太子牵裾①。卫懿好鹤，鲁隐观鱼。
蔡伦造纸，刘向校书。朱云折槛，禽息击车②。
耿恭拜井，郑国穿渠。国华取印，添丁抹书。
细侯竹马，宗孟银鱼③。管宁割席，和峤专车。
渭阳袁湛，宅相魏舒④。永和拥卷，次道藏书。
镇周赠帛，虙子驱车⑤。廷尉罗雀，学士焚鱼⑥。
冥鉴季达，预识卢储⑦。宋均渡虎，李白乘驴。
仓颉造字，虞卿著书⑧。班姬辞辇，冯诞同舆。

〔注释〕

①裾(jū)：衣襟。

②槛(jiàn)：栏杆。

③银鱼:指银鱼袋。鱼袋是唐、宋时官员佩戴的证明身份之物。

④渭阳:表示甥舅情谊之典,也代指舅父。

⑤宓(fú)子:宓不齐。又作宓不齐。字子贱,春秋鲁国人,孔子弟子,曾经担任单父宰。

⑥廷尉:秦汉时为中央最高司法审判机构长官。

⑦冥鉴:神灵的鉴戒。

⑧仓颉(jié):又作"苍颉"。传说为黄帝时期的史官,汉字的创造者。

〔译文〕

东晋明帝司马绍小时候曾坐在父亲元帝膝上,元帝问他长安与太阳哪个远。司马绍回答:"太阳远,没听说有人从太阳那里来的。"元帝觉得儿子很聪明,第二天特意和大臣们提起儿子的回答,并当着大臣的面又问了同样的问题。但是司马绍却说太阳近,并解释道:"抬头就能见到太阳,但是看不到长安。"西晋愍怀太子五岁时,宫中失火,武帝登楼观火,太子牵着武帝的衣襟让他躲在暗处。武帝问原因,太子说:"现在是晚上,又突发火灾,要注意防备有人作乱,不要靠近火光,免得被照得清楚,别人很容易看到。"

春秋时期卫懿公喜欢鹤,竟让鹤享受大夫待遇。当狄人进攻卫国时,将士们说:"让鹤去打仗吧。"最后卫国大败,卫懿公也被杀。鲁隐公将到棠地观看捕鱼,有人劝谏说:"凡与国家大事无关的东西,国君不应该重视。"

东汉和帝时,宦官蔡伦在前人经验之上,用树皮、麻头、破布为原料造出纸张,被称为"蔡侯纸"。西汉成帝时,成帝命刘向整理宫廷藏书，刘向为每部书都编写了提要，这就是《别录》。后来他的儿子刘歆在这部书的基础上编成著名的目录学著作《七略》。

西汉成帝时官员朱云上疏请求杀丞相张禹，成帝震怒，下令治罪朱云。朱云攀住宫殿前的栏杆大呼，说自己能与古代比干这样的忠臣齐名交往于地下，死得值。栏杆都被他拉坏了。后来在其他大臣的劝阻下，皇帝也认识到朱云的忠贞，就赦免了他。成帝为表彰朱云忠直甚至不再维修栏杆。春秋时秦国禽息向秦穆公推荐百里奚不被采纳，禽息于是以头撞击秦穆公车上的柱子，乃至脑浆流出。秦穆公终于感悟，最后重用了百里奚。

东汉将领耿恭据守疏勒城，匈奴人断绝城中水源。耿恭掘地十五丈无水，于是他整理衣冠，恭谨地向井祭拜，不久便泉水奔涌而出。匈奴人以为有神灵保佑，也就撤军了。战国时韩国为消耗秦国国力，派水工郑国怂恿秦国修渠。秦国发觉了韩国的阴谋，要杀郑国，郑国说："水渠修成了对秦国来说利大于弊。"果然，渠修成后，灌溉良田万亩，秦国愈发富强，于是命名该渠为"郑国渠"。

北宋大将曹彬字国华，传说他在抓周时，左手持干戈，右手持礼器。过一会儿又一手拿印，大家都很惊奇。后来曹彬先后做过节度使、枢密使、宰相，抓周时的预兆全部应验了。唐代诗人卢仝为儿子取名添丁。添丁小时候十分顽皮，喜欢用墨笔涂画诗书，使得书籍像乌鸦一样黑乎乎的。

汉代郭伋，字细侯。他曾任并州牧，数次转任，十二年后再次担任并州牧。因为他曾有恩于民，所以当他再任并州牧时，数百名儿童骑竹马迎接他。北宋蒲宗孟任翰林学士时，皇帝说："翰林是个清要的近侍官，一些待遇尚有欠缺，所以允许他们佩戴银鱼袋。"

东汉末年，管宁与华歆同席读书，因华歆与他志向不同，管宁就把坐席割开，分开而坐，并对华歆说："你不是我的朋友。"晋朝中书监与中书令常同乘一车入朝，至和峤担任中书令时，因鄙视中书监荀勖的为人而不愿与他同乘，总是自己单独坐一辆车。

东晋人谢绚曾在一次宴席上对其舅袁湛无礼，袁湛说："你父亲当年就不尊重舅舅，现在你也对我如此，看来世间真的不存在舅甥之间的情谊。"晋人魏舒年少时住外婆家。相宅的人说："必会出一个贤能的外甥。"魏舒也自负地说："我一定会为舅舅家实现这个相宅人的预测。"后来果然官至司徒。

南北朝人李谧，字永和，立志做学问，无心当官。他曾说："大丈夫拥有万卷书，哪有时间去做官？"北宋宋敏求，字次道，家中藏书丰富且都为校雠三五遍的善本。喜欢读书的人都争着在他家附近租房，为的是借书方便，因此他家附近的房租都比别处贵。

唐代张镇周到家乡做官，他先招来亲友欢聚数十日，又将金帛赠给亲友，说："今日我还能与亲朋好友一起欢乐，明天我就是这里的地方官，官民有别，不能再像现在这样来往了。"虙不齐到单父做官，路过阳昼家便前去拜访。阳昼说："我只有两条钓鱼的心得，就当作送行的礼物吧。一般一下钓饵就上钩的鱼，叫阳桥，肉少也不好吃；似咬钩又像没咬钩的，是鲂鱼，肉肥味美。"虚不齐还没到单父就有很多达官贵人前来迎接,他催促道:"快赶车,这是阳桥。"

汉代翟方进担任廷尉时,宾客盈门。罢官后,没有人来拜访,简直是门可罗雀。后来又被起用,那些宾客们又纷纷登门拜访。翟方进在门上写道:"一死一生,乃知交情;一贫一富,乃知交态;一贵一贱,交情乃见。"南朝梁人张褒,被人弹劾他不称职,不供学士职。张褒说:"青山不会对不起我。"就烧掉佩带的银鱼袋辞官了。

南宋杨仲希,字季达,年轻时在成都某家作客,主人家少妇出来跟他调情,被他正色拒绝。季达的妻子在家中梦见有人对她说:"你丈夫独处他乡,能自我约束,神明知道了,会让他考第一名作为回报的。"后来果然如此。唐代卢储准备参加科举考试,把自己的文章送给尚书李翱,希望得到他的引荐。李翱的大女儿当时只有十五岁,看见他的文章后就说:"此人必定会考中状元。"李翱于是招他为女婿。次年,卢储果然考中了。

东汉宋均任九江太守,为除虎患,他下令说:"老虎伤人,是由于官吏残暴,应该除掉那些贪官污吏,多选拔忠诚善良的人做官。各地要把捕捉老虎的陷阱去掉。"后来老虎真的离开了九江。唐代诗人李白曾经骑驴过华阴,县令见李白过衙门不下驴,认为他没有礼貌,就把李白抓起来审问。李白写了一首诗告诉县令自己的身份:"曾用皇帝的手巾擦嘴,让皇帝给我调羹,让贵妃给我捧砚,让高力士为我脱靴。我在皇帝的宫殿里都可以骑马,区区小县竟然不让我骑驴?"知县大惊,赶紧向他谢罪。

仓颉是传说中黄帝的史官,据说他根据鸟兽的足迹创造了汉字。战国时期虞卿是著名的纵横家,曾经向赵孝成王游说,第一次得到黄金百镒,第二次被任命为上卿,故号虞卿。著有《虞氏春秋》八篇。

西汉成帝让妃子班婕妤同车,班婕妤说:"圣贤之君身边都是名臣;亡国之君身边才是妃嫔。"汉成帝听后便打消了这个念头。北魏大臣冯诞儿时与孝文帝一起读书,后来又娶了孝文帝的妹妹。孝文帝常与他同乘车,同就食,同席而卧。

七 虞

西山精卫,东海麻姑。楚英信佛,秦政坑儒。

曹公多智,颜子非愚。伍员覆楚,勾践灭吴。

君谟龙片,王肃酪奴。蔡衡辨凤,义府题乌。

苏秦刺股,李勣焚须。介诚狂直,端不糊涂。

关西孔子,江左夷吾①。赵抃携鹤,张翰思鲈②。

李佳国士,聂悯田夫。善讴王豹,直笔董狐。

赵鼎倔强,朱穆专愚③。张侯化石,孟守还珠。

毛遂脱颖,终军弃𦈡④。佐卿化鹤,次仲为乌。

韦述杞梓,卢植楷模⑤。士衡黄耳,子寿飞奴。

直笔吴兢,公议袁枢。陈胜辍耜,介子弃觚⑥。

谢名蝴蝶,郑号鹧鸪。戴和书简,郑侠呈图。

瑕丘卖药,邺令投巫。冰山右相,铜臭司徒。

武陵渔父,闽越樵夫。渔人鹬蚌,田父麋卢⑦。

郑家诗婢,郗氏文奴。

〔注释〕

①江左夷吾:江左又称江东,一般指长江下游现在江苏南部一带。夷吾指管仲(约前723—前645),名夷吾,字仲。春秋时期颖上(今安徽颖上)人。中国古代著名政治家。

②赵抃(biàn):北宋时期名臣。为官正直,敢于直谏,时称"铁面御史"。

③专愚:固执专一而不懂人情世故。

④繻(xū):古代一种用帛制的通行证。

⑤杞(qǐ)梓(zǐ):杞和梓。两木皆良材。比喻优秀人才。

⑥锸(chā):铁锹,掘土的工具。觚(gū):古代用来写字的木简。

⑦麋(jùn)卢:麋,狡兔。卢,韩卢,良犬。

〔译文〕

炎帝的女儿游东海溺死后,魂魄化为精卫鸟。精卫痛恨大海夺去其生命,常衔着西山的树枝石块去填东海。传说东海中有神仙名叫麻姑。麻姑曾对人说,她亲眼看见东海三次变成桑田。

东汉光武帝的第六子楚王刘英,是中国历史上最早信奉佛教的王公贵族。秦始皇嬴政,讨厌儒生借经书批评时政,便下令焚烧《诗》《书》等百家经典,将犯禁的儒生活埋。

东汉末年曹操与马超、韩遂交战。曹操与韩遂在阵前谈话时，马超军中的人都争相来看。曹操笑着说："我也和常人一样，并不是三头六臂，只不过比一般人聪明些罢了。"孔子的得意门生颜回勤奋好学，安贫乐道。孔子称赞他："颜回经常一整天不会提出不同意见，看起来似乎很愚蠢。但是看他私下的言论，却对我的思想做了更进一层的发挥，因此颜回一点儿也不笨。"

春秋时楚国伍员，字子胥，他的父亲因为进谏被楚平王杀害，伍员逃到吴国，带领吴军攻入楚国都城。此时平王已死，伍员于是扒开平王的坟墓，鞭尸三百。春秋时期越王勾践与吴国交战失败后，被迫到吴国做奴仆，后来返回越国卧薪尝胆，整治军队，终于灭掉吴国。

宋代福建茶极品龙团，是由北宋大臣蔡襄创制的。蔡襄，字君谟，他在做福建路转运使时，将龙凤团茶改制为小龙凤团茶，十分贵重。南朝齐人王肃刚到北魏时，不吃羊肉、奶酪，常食鱼羹、茶。等到后来习惯了北方的饮食后，他又说："羊肉是大国风味，鱼是小国菜肴；茶与奶酪比起来，简直是奶酪的奴仆。"因此当时有人称茶为酪奴。

东汉学者辛缮隐居在华阴，光武帝屡次征召他出来做官他都不理。有一次一只青色的大鸟栖息在辛缮家的槐树上，当地官员向朝廷报告说是凤。蔡衡说："青色的是鸳，不是凤。"唐代李义府初次见唐太宗时，皇帝让他以"乌"为题作诗。李义府的诗歌里有一句说："上林如许树，不借一枝栖。"唐太宗看后就说："全部树枝都借给你，岂止一枝？"于是任命他为御史。

战国时苏秦游说诸侯而没有得到重用，回来时妻子和嫂子都对他很冷淡。于是苏秦发奋苦读，打瞌睡时，就用铁锥刺大腿让自己清醒，接着读书，后来终于学有所成。唐代宰相李勣的姐姐病了，李勣亲自熬粥，不小心烧掉了胡须。他姐姐说："那么多仆人，干吗要亲自煮?"李勣说："你我都年纪大了，还能这样煮几次呢?"

北宋石介为人忠直。曾上书针砭时弊，毫不避忌，人们称赞他狂直。北宋宰相吕端小事糊涂，大事不糊涂。在宋太宗去世后，吕端力挫反臣阴谋，帮助太子赵恒顺利即位。

东汉学者杨震博通古今，因为他是华阴人，那里地处关西，所以人们称赞他为"关西孔子"。东晋在王导的辅佐下政权得到了巩固，在长江中下游一带站稳了脚跟。有人认为他是"江左夷吾"。

北宋大臣赵抃，为官清廉不畏权贵。他到蜀地做官时，只带一琴一鹤。西晋张翰在洛阳做官，见秋风起，不由地思念故乡的鲈鱼脍和莼菜羹，感叹道："人生贵在适意，何必背井离乡跑到数千里之外做官呢?"于是就辞官回家了。

东汉名士李膺与聂季宝见面后，就断言聂季宝将来可成为国士，后来果如其言。唐末五代诗人聂夷中同情农民，曾作《伤田家》诗："二月卖新丝，五月粜新谷。医得眼前疮，剜却心头肉。我愿君王心，化作光明烛。不照绮罗筵，遍照逃亡屋。"

春秋战国时卫国王豹善于唱歌，因其住在淇水边，整个黄河以西地区的民众都受他影响而善于唱歌。董狐是春秋时期晋国史官，以秉笔直书而闻名。

南宋大臣赵鼎因反对与金朝议和而被贬。他向朝廷上表说:"白首何归,怅余生之无几;丹心未泯,誓九死以不移。"奸相秦桧看了之后说:"这老家伙还是和以前一样倔强。"东汉朱穆读书专心,连帽子掉了都不知道。他的父亲认为他有些笨,只知道埋头读书,甚至连马有几条腿都不知道。

东汉张颢担任梁相,一天雨后,他看见一只像山雀一样的鸟落到地上变成一块石头。张颢连忙将石头剖开,发现里面竟然有一枚金印,上面刻着"忠孝侯印"。东汉孟尝任合浦太守,当地盛产珍珠。因为前任太守贪暴,海里的珠蚌都迁移了。孟尝革除弊政,于是珠蚌又回来了。

毛遂是战国时赵国平原君的门客,曾自荐去楚国当说客。平原君说:"有能力的人就像把锥子放在袋子里一样,很快就能冒尖,你在我家三年,没见有什么长处,还是别去了。"毛遂说:"我现在就是让您把我放在袋子里,我一定会脱颖而出。"西汉终军,字子云。进入函谷关时,守关者给他一张出入关卡的凭证。终军说:"大丈夫向西游学,绝不会再回来了。"于是就把凭证扔掉了。

唐代徐佐卿,是四川的道士。一次唐玄宗出猎,射中一只鹤,鹤带箭向西南飞走。徐佐卿回到山中对弟子说:"我出游中箭。"于是将箭拔出来挂在墙上说:"等箭的主人来取。"后来唐玄宗到四川,认出箭是自己射出的,一问才知道先前的鹤是徐佐卿幻化的。秦人王次仲,将仓颉创造的文字转换为隶书。秦始皇认为隶书简明,要召见他,结果三次征召都不来。秦始皇很生气,便下令用槛车传送。王次仲于是变成大鸟飞走了。

唐玄宗时史官韦述著述宏富,他的几个弟弟也都担任礼官,大家都十分羡慕。张说对人说："韦家兄弟，人之杞梓。"汉代卢植跟着马融学习。马融讲课的时候周围有多名美丽的婢女侍奉。卢植在那里求学几年，从来目不斜视，马融非常敬佩他。曹操也说卢植是"士之楷模"。

晋代陆机，字士衡，家中有只狗名叫黄耳。陆机问黄耳道："我长居京城，与家中很久没有通信了，你能帮我送信吗？"黄耳摇着尾巴叫了几声表示可以。于是陆机真的就将信交给了黄耳。结果黄耳果然把信带回了故乡，还带来了回信。唐代张九龄，字子寿，曾养了一群鸽子往返送信，给这群鸽子取名为"飞奴"。

唐代吴兢撰写《武后实录》时，如实记录了张昌宗诱逼张说诬陷魏元忠的事。后来张说当了宰相，屡次恳求吴兢更改《实录》。吴兢说："给您徇私改了，那还叫什么'实录'？"宋代史官袁枢是宰相章惇的同乡，章惇屡次请袁枢看在同乡的份上给自己的传记写几句好话。袁枢说："宁可对不起同乡，也不能对不起天下人的共同看法。"

秦末陈胜以替人耕田为生。一次在耕作的间隙，他把农具放在田埂上说："要是我们中间有谁以后发达了，不要忘了大家啊！"其他人都笑他说："一个替别人耕田的，还会发达吗？"陈胜叹息道："燕雀安知鸿鹄之志哉！"后起兵反秦，自立为王。汉人傅介子十四岁时，把写字用的木板扔到一边，感叹说："大丈夫应当在异域立功，怎能坐在家中当老儒生？"

宋代谢逸，字无逸，曾作《蝴蝶》诗三百首，人称他为"谢蝴蝶"。唐代郑谷，字守愚，曾作《鹧鸪》诗，因为写得太好了，所以大家就称他为"郑鹧鸪"。

汉代戴和每结交到新的好朋友,就把他的名字写在简册上,焚香祭告先祖,他还把写有朋友名字的简册称为"金兰簿"。北宋进士郑侠,让人将因大旱造成灾民流离失所、饥寒交迫的情形画成流民图,呈给皇帝,请求施行善政。

唐代瑕丘仲,卖药百余年,人们都认为他是个寿星。后来因遭遇地震,屋毁人亡。有人将他的尸体丢进水中,把他的药拿去卖。瑕丘仲披着皮衣来到那人跟前,找他拿回自己的药。那人吓得跪地求饶。战国时魏国人西门豹担任邺县令时,针对当地每年给河伯娶妻的陋习,设计将巫婆作为传信的使者投入水中。之后邺县再也没有为河伯娶妻的迷信活动了。

唐代宰相杨国忠权倾朝野,大家都争相巴结他。只有进士张象不愿依附他,还说:"都说杨国忠是泰山,我看他是冰山,太阳一出来,冰山就融化了。"东汉末年崔烈花钱买官,做了司徒,并问儿子外人怎么看待。儿子回答说:"外人嫌您铜臭味。"

晋代陶渊明在《桃花源记》中描述这样一个故事:有个武陵渔夫因迷路误入世外桃源,回来后,他再去寻找时却怎么也找不到那个地方了。唐代樵夫蓝超,曾追一只白鹿而进入一个与世隔绝的村落。从一扇极窄的石门进入一处豁然开朗的地带,那里鸡犬之声相闻,有主人称是避秦时乱来此。蓝超想回家与亲人告别后再来这里,后来却找不到此地。

一只鹬鸟啄住蚌肉,蚌夹住鹬鸟的喙,互不放松。结果打鱼的人看见了,把鹬蚌一起抓到了。战国时齐国欲伐魏国,淳于髡对齐王说:"韩子卢是天下跑得最快的狗,东郭逡是最狡猾的兔子。让韩子卢追东郭逡,只会消耗两者气力,农夫毫不费力就能抓到它们。恐怕齐魏相争也与此一样。"

汉代郑玄家中的奴婢都读书,奴婢甚至能用《诗经》中的句子对话。晋代郗愔家中有奴仆擅长写文章,王羲之经常称赞这个奴仆。

卷之二

八　齐

子晋牧豕,仙翁祝鸡。武王归马,裴度还犀。

重耳霸晋,小白兴齐。景公禳慧,窦俨占奎①。

卓敬冯虎,西巴释麑②。信陵捕鹞,祖逖闻鸡③。

赵苞弃母,吴起杀妻。陈平多辙,李广成蹊。

烈裔刻虎,温峤燃犀④。梁公驯雀,茅容割鸡。

〔注释〕

①禳(ráng):祈祷消除灾祸。奎:指二十八宿之一的奎宿。

②冯(píng):通"凭"。依仗,倚托。麑(ní):幼鹿。

③鹞(yào):一种凶猛的鸟。

④燃犀:喻能明察事物,洞察奸邪。

〔译文〕

汉代的商丘子晋以养猪为生,平时喜欢吹竽,七十多岁了也没娶妻生子,而且容貌看上去还很年轻。他只吃菖蒲根,饮清水。大家以为这就是他容颜不老的秘诀，也试着跟他吃一样的饮食，但都坚持不到一年。晋代祝鸡翁，养鸡千余只，还给每只鸡取了名字，早晨放出，晚上只要喊鸡的名字，鸡就自动回笼。

周武王灭商后，便把战马放养到华山以南的土地上，表示今后不再有战争了。唐代裴度去算命，看相的说他将被饿死。后来裴度在寺庙捡到一条犀角带，并归还失主。看相的人再次给裴度看相时说："你做了善事，以后定能大富大贵。"后来裴度果然做了宰相。

晋文公，名重耳，曾因晋国内乱在外流亡十九年，后返国即位，最后成为一代霸主。齐桓公，名小白，任用管仲为相，使齐国得到振兴，成为春秋时期第一位霸主。

春秋齐景公时，天空出现彗星，大家认为是不祥的预兆。齐景公想祈祷以消灾。晏子说："没用，天上出现彗星是为扫除秽德，你身上一堆毛病，祈祷又有什么用？"宋代窦俨对卢多逊、杨徽之说："丁卯年，五星将在奎宿区域内相聚，从此天下太平。"后来果如其言。

明代卓敬十五岁时，一天夜里回家途中遇到暴风雨。他迷了路，路上偶得一物，以为是一头牛，就骑着这头牛回家。等到家一看，哪里是什么牛，竟然是一只老虎。春秋时鲁国大夫孟孙捕捉到一只幼鹿，便让家臣秦西巴将猎物运回家。途中，秦西巴发现母鹿一直尾随其后不停地哀鸣，于是就将幼鹿放生了。孟孙大怒，赶走了西巴。后来又将西巴招回，让他做儿子的老师，说："这个人对幼鹿都不忍心，何况对我儿子呢？"

战国时魏国信陵君吃饭时有一只斑鸠飞到饭桌下，信陵君赶走了斑鸠,却被等候在屋顶的鹞捉住吃掉了。信陵君说:"我对不起这只斑鸠。"于是命人捕捉三百只鹞,说:"谁吃了那只斑鸠?"其中一只鹞低头服罪,于是信陵君杀掉了它,将其他的都放走了。由此,信陵君仁慈的名声大振,士人都争相归附于他。晋代祖逖年轻时立志报国,经常半夜听到鸡叫声就起来练剑。

东汉赵苞任辽西太守,恰好鲜卑族入侵,劫持其母作人质。赵苞说:"我是国家的官员,不能只顾私情。"于是下令进兵,他的母亲因此遇害。战国时卫国人吴起当初效力于鲁国,鲁元公想任用吴起为将军抵抗齐军入侵,但是吴起的妻子是齐国人,鲁元公心有疑虑。于是吴起杀掉妻子,以此求得鲁元公的信任。

汉代陈平家贫,乡里的富人张负看到陈平的家门口留下了许多车轮印,认为这个年轻人不简单,就将自己的孙女嫁给了他。汉代名将李广不太爱说话,样子看起来也粗鄙,但天下人仰慕他。正如谚语说的:"桃树和李树虽然不能说话,但结的果子很好吃,树下自然会被踩出一条小路来。"

秦朝时有个名叫烈裔的工匠,雕刻玉虎栩栩如生,但是却从不点眼睛,说是点上眼睛虎就会跑走。秦始皇不相信,就命别的画工趁夜里给两只老虎点上眼睛。果然,老虎一被点上眼睛,马上就不见了。次年南郡进献来两只白玉虎,就是烈裔雕刻的点过眼睛的玉虎。晋人温峤路过牛渚,江水很深,当地人传说江里面有很多妖怪。温峤点燃犀牛角,照向江水,果然看到有怪物。晚上他梦见有人对他说:"我们各自生活在自己的世界里,为什么要用火把照出我们,干扰我们的生活呢?"

唐代名臣狄仁杰,死后被追封为梁国公。他的母亲去世时,有白雀来吊丧,像被驯养过的一样温顺,大家认为这是一个好兆头。汉代郭林宗借宿在茅容家,茅容杀鸡,郭林宗以为是招待自己,结果却是侍奉他的母亲,而茅容和客人一起吃简陋的饭食。郭林宗认为茅容很贤明,就劝他进学。

九 佳

禹钧五桂,王祐三槐。同心向秀,肖貌伯偕①。
袁闳土室,羊侃水斋②。敬之说好,郭讷言佳。
陈瓘责己,阮籍咏怀③。

〔注释〕

①向秀(约227—272):字子期,河内怀(今河南武陟)人。与嵇康、阮籍、山涛、刘伶、王戎、阮咸一起并称"竹林七贤"。著有《思旧赋》等。
②袁闳(hóng):字夏甫,东汉隐士。
③陈瓘(guàn):字莹中,北宋直臣。

〔译文〕

五代窦禹钧的五个儿子相继高中进士,冯道写诗赞扬说:"灵椿一株老,丹桂五枝芳。"宋代大臣王祐遭贬后,亲手在院中栽了三棵槐树,说:"我的子孙必定有担任三公的。"后来儿子王旦果然做了宰相。

晋代向秀与山涛、嵇康、吕安志同道合。汉代张伯偕与弟弟张仲偕长得很像,仲偕的妻子梳妆完,以为伯偕是自己的丈夫便问:"好看吗?"伯偕知道她认错人了便说:"我是伯偕。"过了一会儿,仲偕的妻子又对伯偕说:"刚才我错将伯偕认作你了。"伯偕回答说:"我还是伯偕。"仲偕的妻子羞愧得不敢再出门,后来兄弟俩就以衣服相区别。

汉代袁闳在父亲死后十分伤心,加上当时政治黑暗,使得袁闳心灰意冷,便修筑起一间土屋,躲在里面十八年不见客,早晚在屋中向母亲行礼。南北朝羊侃在衡州做官时,把两条船并在一起,在上面建了三间房子,人称水斋。他在里面饮酒作乐,令观者十分羡慕。

唐人项斯擅长写诗。杨敬之赠诗夸他说:"几度见君诗尽好,及观标格胜于诗。平生不解藏人善,到处逢人说项斯。"因此人们把"说项"当作为人说好话的代名词。晋人郭讷听到歌女唱歌,即说唱得很好。石崇问是什么曲子,他说不知道。石崇说:"连曲名都不知道,怎么知道好?"郭讷说:"就像看见西施,要知道她的姓名才能说她美吗?"

宋代陈瓘一次与范祖禹聊天。范祖禹大力夸赞程颐,哪知道陈瓘竟然说不认识程颐。范祖禹半天没作声,然后才说:"连程颐都不知道?"陈瓘于是写了一篇文章自我责备不知道当世贤人。魏晋时名士阮籍志气宏伟旷达。司马昭当权时,他常担心因自己的言行获罪,就写了《咏怀》诗八十二首,托物言志。

十　灰

初平起石,左慈掷杯①。名高麟阁,功显云台。

朱熹正学,苏轼奇才②。渊明赏菊,和靖观梅。

鸡黍张范,胶漆陈雷③。耿弇北道,僧孺西台④。

建封受贶,孝基还财⑤。准题华岳,绰赋天台。

穆生决去,贾郁重来。台乌成兆,屏雀为媒。

平仲无术,安道多才。杨亿鹤蜕,窦武蛇胎。

湘妃泣竹,钼麑触槐⑥。阳雍五璧,温峤一台。

〔注释〕

①初平:黄大仙,本名黄初平,道教神仙,号赤松子。

②朱熹(1130—1200):字元晦,生于南剑州尤溪(今福建尤溪)。南宋理学家、思想家、教育家,儒学集大成者,世称朱子。

③鸡黍:本指待客的饭菜,也借指深厚的情谊。

④耿弇(yǎn,3—58):字伯昭,扶风茂陵(今陕西兴平)人,东汉开国元勋、军事家。

⑤贶(kuàng):赏赐,赐赠之物。

⑥钼(chú)麑(ní):春秋时期晋国著名的大力士。

〔译文〕

　　传说东晋黄初平能将石头变成羊站起来。东汉人左慈有法术,在曹操举行的宴会上把酒杯掷出变作飞鸟,他自己也突然消失了。

　　西汉宣帝时,曾将有功的大臣的画像挂在麒麟阁中。东汉明帝时,将中兴功臣三十二人的像画在南宫云台上。

　　南宋朱熹集诸儒之大成,阐述六经,在儒学的发展史上贡献很大,因此被视为孔孟儒学的正宗传人。宋哲宗时,太皇太后对苏轼说:"先帝每次看到你的文章都要夸奖你是奇才,可惜还没来得及重用你,他就去世了。"

晋代陶渊明厌倦官场,隐居乡里,种菊东篱下,饮酒赏菊。宋代隐士林逋,号和靖,隐居在杭州。他的屋舍周围都种上了梅树,整日赏梅毫不厌倦。

东汉张劭与范式是同窗好友,回乡时范式提出来年某日去拜访张劭双亲。来年张劭告诉母亲备好饭菜。母亲说:"一年前的约定何必当真。"张劭认为范式必定不会失约。果然范式如期而至。东汉陈重与雷义是好友,同举孝廉,同拜中书郎。当时人说:"胶与漆是黏在一起的,但也不如陈重与雷义那般亲密无间。"

汉光武帝巡查河北,耿弇进见,与光武帝一同到蓟州。官员们说:"怎么能向北进入敌人势力范围?"光武帝指着耿弇说:"这就是我们在北方的接待者。"唐代牛僧孺担任伊阙县尉时,当地官员认为,县里的一条溪水如果露出浅滩就会有官员升至中央。一天,果然溪水露出浅滩了,一个年长的官员说肯定只是御史,要是去当宰相肯定会再出现鹥鶒鸟。牛僧孺就在水边祈祷鹥鶒鸟的出现,结果真飞出了一对。不久,牛僧孺就升任宰相了。

唐代张建封不得志时,偶遇尚书裴宽。裴宽觉得张建封前途无量,就赠送钱帛奴婢给他,张建封也不推让。后来他果然镇守徐州,成为一代名臣。宋代张孝基的岳父将自己的不肖子赶出家门,将全部财产都给了张孝基。后来张孝基通过考核已沦为乞丐的妻弟后，又把财产都还给他。

北宋宰相寇准八岁时曾写过华山诗："只有天在上，更无山与齐。"他的老师对寇准的父亲说："您的儿子将来怎能不做宰相！"东晋文学家孙绰听说天台山景色秀美，就让人给他画了一幅天台山图，他对着这张图写了《天台赋》。

汉代穆生是楚元王刘交的同窗好友。穆生不喝酒，每次宴会楚元王都为他准备甜米酒。后来刘交的孙子刘戊继位，有一次宴会忘了给穆生准备甜米酒。穆生说："楚王开始怠慢我了，我该走了。"于是辞官而去。五代时贾郁任仙游县主簿，离任时，有一小吏喝得大醉。贾郁说："我再来这里做官，一定严惩。"小吏说："你能再来的机会和铁船能渡海一样难。"后来贾郁果然再任，那个喝醉酒的小吏也因偷府库里的钱，被贾郁判了刑。

唐代柳仲郢担任谏议大夫，每次升官，家里都有乌鸦聚集，五天才散。隋朝大臣窦毅认为女儿生来不凡，不肯轻易将她嫁出去。就在屏风上画了两只孔雀，求婚的人谁射中孔雀眼睛，就把女儿嫁给谁。结果李渊射中了，窦毅便将女儿嫁给他，就是后来的窦皇后。

宋代寇准，字平仲，与张咏关系很好。张咏曾说："寇准这个人有才能，就是学问不大。"宋代张方平，字安道，年少时聪明绝伦，读书过目不忘。他向人借阅《史记》《汉书》《后汉书》，十几天就看完了，写文章也从不打草稿。

宋代杨亿出生时，竟然是一只鹤。家人认为是怪胎，十分惊骇，就把他扔到江边了。他的叔叔觉得奇怪，就跑到江边去看，结果发现鹤已经变成了婴儿。身上紫色的羽毛，一个月后才脱光。东汉窦武的母亲竟然同时生下窦武与一条蛇，家人把蛇扔到树林中。后来窦武的母亲去世时，有一条大蛇从林中钻出来，以头触棺，泪和血一起流，很长时间才走。

上古帝王舜南巡时病死于苍梧，她的两个妃子南下找他，一路哭泣，泪水洒在竹子上，这种竹子后人称为湘妃竹。春秋时期，晋灵公让大力士锄麑去刺杀大臣赵盾。他发现赵盾已穿戴整齐等待上朝，因时间尚早便坐着打盹儿。锄麑退了出来感叹道："杀了为民做主的人不忠；违背了国君的命令就是不守信。"于是在槐树上撞死了。

汉代人阳伯雍摆下茶摊，免费供人喝茶。有一位喝茶的人送给他一包种子，说种下去可以得到五双白璧，也可以娶到贤惠的妻子。后来果然如这个人说的一样。东晋大臣温峤，他的表姑让他给自己的女儿找婆家。温峤钟情于表妹，就说有人留下一枚玉镜台作为聘礼求婚。结婚那天，新娘掀起面纱，笑道："我早就怀疑是你，果然如我所料！"

十一　真

孔门十哲①，殷室三仁。晏能处己，鸿耻因人②。
文翁教士，朱邑爱民。太公钓渭，伊尹耕莘③。
皋惟团力，泌仅献身。丧邦黄皓，误国章惇。
鞅更秦法，普读鲁论④。吕诛华士，孔戮闻人⑤。
暴胜持斧，张纲埋轮。孙非识面，韦岂呈身。

令公请税,长孺输缗⑥。白州刺史,绛县老人。
景行莲幕,谨选花裀。郗超造宅,季雅买邻。
寿昌寻母,董永卖身。建安七子,大历十人。
香山诗价,孙济酤缗⑦。令严孙武,法变张巡。
更衣范冉,广被孟仁。笔床茶灶,羽扇纶巾。
灌夫使酒,刘四骂人。以牛易马,改氏为民。
圹先表圣,灯候沈彬。

〔注释〕

①孔门十哲:一般指颜回、子骞、伯牛、仲弓、子有、子贡、子路、子我、子游、子夏十人。

②因人:依靠别人。

③太公:即姜子牙(约前?—约前1015),姜姓,吕氏,名尚,字子牙。周代政治家、军事家,周朝开国元勋。

④鲁论(lún):即《鲁论语》,是《论语》的汉代传本之一。相传在汉代传习《论语》的有三家,即《鲁论语》《齐论语》《古文论语》。《齐论语》《古文论语》均佚,《鲁论语》即是今本《论语》的主要来源。

⑤闻人:有名望的人。

⑥缗(mín):古代铜钱计量单位,一般一千文钱为一缗。

⑦酤(gū):买酒。

〔译文〕

孔子最著名的十位弟子,被称为孔门十哲。商朝末代君主纣王暴虐无道,当朝三位仁人箕子装疯,微子出走,比干被杀。

周武王了解到这一情况后便起兵讨伐商纣。

三国曹魏官员何晏小时候很受曹操疼爱，曹操甚至想把他养在宫内。何晏就在曹操府中画了一个圈，自己待在里面，对人说这是何家的房子。曹操得知后就让他回家了。东汉梁鸿为人孤傲。小时候，邻居做好饭之后让他使用自己的炉火做饭。结果梁鸿让邻居熄灭炉火，自己重新生火做饭。

西汉文翁当蜀郡太守时，注重教化，选派人员去都城学习。到汉武帝时学校盛行，都是从文翁开始的。西汉大臣朱邑在桐乡当收租小吏时，对百姓有恩惠，老百姓很爱戴他。朱邑去世后，就葬在桐乡。

姜太公七十二岁时还在渭水边垂钓，终于遇到周文王，成为辅佐周朝灭商的大功臣。伊尹在有莘国郊野耕地。商汤听说伊尹是位贤人，于是三次派人去请他来做官，后来辅佐商汤灭掉了夏朝。

唐宗室曹王李皋以团力法训练士兵，战斗力大幅提高，屡次击败淮西叛军。唐代宗某年过端午节，王公大臣们纷纷向皇帝进贡，只有李泌不献。代宗问他原因。李泌说自己除了自身之外，一切都是皇帝赐予的，还有什么能够献给皇帝的呢？唐代宗趁机说："我要的就是你答应把自己献给我，彻底为我效命。"

蜀汉后期宦官黄皓专权，蛊惑后主，最终导致蜀汉灭亡。北宋官员章惇借实施王安石新法，党同伐异，打击守旧派大臣。后人以为北宋的灭亡是由于实施新法，而章惇的行为更是误国误民。

战国时期,商鞅在秦国实施变法,使秦国一跃而成为战国最强诸侯国,为秦始皇统一天下奠定了基础。北宋宰相赵普辅佐宋太祖、宋太宗有功,受到嘉奖。他也曾向宋太宗夸耀自己说:"我之前靠半部《论语》辅佐太祖皇帝平定天下,以后半部辅佐您治理天下。"

周代吕尚被封于齐。当地有一位叫华士的人,吕尚三次召他,他都不理,太公就杀了他。有人提出异议,吕尚说:"不敬畏天子,不与诸侯往来,是逆民,这样的人不杀掉,老百姓都学他,天下还怎么治理?"春秋时期少正卯在鲁国很有名望。孔子当鲁国司寇后就杀了少正卯。他认为少正卯是身兼"五恶"的人,有着惑众造反的能力,不可不杀。

汉武帝时,暴胜之奉命督促地方官员捕捉盗贼,许多地方官员因捕盗不力而被处死。隽不疑劝他:"为官之道,过于刚猛就会有灾祸,过于柔弱就办不成事,威严辅以恩义,才能功成名就。"暴胜之接纳了他的建议,并向朝廷推荐隽不疑做官。汉顺帝派八位官员巡查全国,张纲是其中一位官员。当其他官员出发时,张纲却把车轮埋在地下,不愿意外出。他说:"如今豺狼当道,大权在握,哪还有工夫外出找狐狸这样的小奸小恶?"于是上章弹劾大将军梁冀等不法权贵。

北宋大臣孙抃推荐唐介和吴中复为御史,却不认识二人。别人问他原因,他说:"过去人们以自荐而求得御史为耻,我现在怎么能搞徇私推荐人那一套呢?"唐代高元裕想推荐韦澳为御史,便暗示韦澳来拜见自己。韦澳知道后说:"恐怕没有主动投靠别人的御史吧!"坚持气节,没有前往拜见。

西晋中书令裴楷每年都向梁王、赵王讨一些田租来抚恤穷人。有人嘲笑他靠乞讨来的东西给别人小恩小惠。他回答说："把多余的部分拿来补充不足的，这就是天道。"宋代官员杨长孺离任时，将自己的俸禄七千缗都拿来替贫民交了租税。

唐人薛稷以游戏的口吻封纸张为楮国公、白州刺史，统领万字军。因为楮树皮造的白纸，能书写万字，所以薛稷故意这么说。春秋时期晋国的正卿赵武犒劳筑城的徒众，知道一位绛县老人已经七十三岁了，便向他道歉，还让他为官。

南朝齐人庾杲之字景行，被王俭选拔为长史。时人对王俭说："你的幕府选一名长史真不容易，庾景行在你的幕府就像在绿水上泛舟，周围到处都是荷花，真是美好！"唐人许慎字谨选，为人豁达不拘小节。和亲友在花园中饮宴时从来不设坐具帷幕。只是让人把落花铺在地上，然后让大家坐在落花上，美其名曰"花裀"。

东晋大臣郗超，只要听说有高尚的隐退者，就会赠送他百万家资，并给他造房子。当时隐居在剡县的戴安道的精舍，就是郗超为他造的。南朝梁大臣宋季雅罢官后在吕僧珍家旁边买了栋房子。吕僧珍问他多少钱，他说一千一百万。吕僧珍觉得太贵。宋季雅却说："一百万买房，一千万买邻居。"

北宋朱寿昌是小妾所生，七岁时，他的母亲被他的父亲赠给了别人。朱寿昌长大后，弃官不做，到处寻找母亲，最后终于在四川找到了，这时他与母亲已经分别五十年了。汉人董永幼年时就没了母亲，与父亲相依为命。父亲死后，家贫如洗，连丧葬费都没有。于是董永便卖身为奴以葬父，感动了天上的织女为他织布偿还债务。

汉献帝建安年间有七位文学家，孔融、陈琳、王粲、徐幹、阮瑀、应玚、刘桢。是汉末三国时期的代表作家。唐代宗大历年间十个诗人，卢纶、吉中孚、韩翃、钱起、司空曙、苗发、崔峒、耿沛、夏侯审、李端，他们诗风相近，被称为"大历十才子"。

唐代诗人白居易号香山居士，他的诗在当时非常受人喜爱，大家都争相传抄。甚至鸡林国的商人都来买白居易的诗，回国后转卖给他们的宰相，一篇值黄金一两。汉末孙济好酒，经常喝得大醉，欠下一堆酒债。大家都笑他，他却满不在乎，还说："我想把身上这件旧袍子卖掉还酒债。"

春秋时期吴王让孙武训练宫女，孙武军令如山，把两个不听号令的妃子斩首了。唐代名将张巡用兵从不按照古法，而是让部将以各自的办法作战。他认为与敌人交战情况瞬息万变，只要让士兵和将领互相熟悉，而不要约束他们就可以了。

汉末名士范冉年轻时家贫，与尹包关系很好，甚至两人共穿一件绛色正装。外出拜访别人，尹包年长先穿绛衣进去，拜访结束后出来把衣服换给范冉，他再穿上进去拜见。三国时期东吴大臣孟宗的母亲为他做了一床很大的被子，并说："我的儿子没有能力招致宾客，学者又大多贫困，因此做这个大被子，希望有学之士接近他，也许可以让他能学到更多东西。"

唐人陆龟蒙闲暇时常乘坐小船，带着书、煮茶的小炉、笔架、钓具到处游玩。蜀汉诸葛亮与司马懿对峙于渭南。司马懿全身戎装，诸葛亮则坐在一辆小车上，头戴纶巾，手持羽毛做的扇子，指挥若定。司马懿叹服道："诸葛亮真是名士啊！"

西汉武将灌夫为人刚直莽撞，经常喝酒闹事。越是有权有势的人，他越是顶撞他们；越是贫贱的人，他越是对他们谦恭。后来因酒醉辱骂丞相田蚡，被杀。唐代刘子翼，性情耿直，经常当面指责朋友的过失，但背后从不议论他人。所以李百药说："刘四这个人虽然经常骂人，但大家都不恨他。"

传说《玄石图》中预言"牛继马后"，司马懿对此很忌讳。后来晋元帝渡江建立东晋，其实他是妃子夏侯氏与小吏牛某私通所生，果然应验了"牛继马后"的预言。汉末三国时期，是仪原来姓氏，孔融说这个"氏"字就像是"民"上没有一笔，"民"无上很不好，于是就改"氏"为"是"了。

唐代诗人司空图字表圣，预先为自己修好坟墓，有客人来，他都把客人带到自己的坟墓里喝酒作诗。有人责怪他，他却说："这里不是我暂居之地，而是我将来永居之地，你怎么这么狭隘想不开呢？"唐人沈彬临终时，指出自己墓地所在，说那个地方会挖出三盏莲花灯，一座铜碑，上面还会有"漆灯犹未灭，留待沈彬来"等字样。

十二　文

谢敷处士，宋景贤君①。景宗险韵，刘辉奇文②。
袁安卧雪，仁杰望云。貌疏宰相，腹负将军。
梁亭窃灌，曾圃误耘。张巡军令，陈琳檄文。
羊殖益上，宁越弥勤。蔡邕倒屣，卫瓘披云。
巨山龟息，遵彦龙文③。

〔注释〕

①处(chǔ)士:指有才德而隐居不仕的人,亦泛指未做过官的士人。

②险韵:指由于韵部所辖的字少,而很少人使用的韵。《龙文鞭影》一书中,一般篇幅越少的章节,韵部收录的字越少,就是险韵。因此江、佳、肴、咸这些韵相对而言都是险韵。

③龟息:像龟一样呼吸调息。道家认为龟新陈代谢慢寿命长,因此学龟息可得长寿。龙文:骏马名,此指才华卓越的子弟。

〔译文〕

　　晋代谢敷字庆绪,为人清心寡欲,隐居若耶山十几年,不应官府征召。郗恢评价他说:"庆绪这个人虽然识见不见得超过大家很多,但能把世俗烦恼完全摒弃。"春秋时期,宋景公很担心火星运行到心宿附近的天相会给宋国带来灾难,便召占卜星象的子韦问对策。子韦先后提出把灾祸转移给相国、百姓、年岁收成,宋景公都不同意。子韦说:"有此仁德,灾星肯定会移位的。"果然,当晚火星就移位了。

　　南朝梁将曹景宗一次得胜回朝,梁武帝设宴款待他。在宴会上,群臣纷纷联句作诗。很快,好用的韵都被其他人占了,只剩下"竞""病"这样险僻的韵没人用。曹景宗提笔写道:"去时儿女悲,归来笳鼓竞。借问行路人,何如霍去病?"大家没想到他一介武夫能作诗,更没想到这首诗写得不错,于是都大加赞赏。北宋文人刘辉原名刘几,最初为文靡丽,喜欢用生僻的词汇。欧阳修对这种浮靡文风深恶痛绝,一次评阅士子文章,看见一篇文章写得佶屈聱牙，欧阳修十分气愤，说："这肯定是刘几写的！"于是没有录用他。后来欧阳修又做主考官，看见一篇文章写得很好，便评为第一名，还推荐给宋仁宗。试卷启封后，作者署名为刘辉。有人告诉欧阳修刘辉就是刘几。欧阳修听了惊讶了很久。

东汉大臣袁安之前生活贫困。一次大雪，洛阳令上街巡视，发现袁安家已被雪封盖住了，便将他救了出来，问他为何不找人帮忙。袁安说："大雪天不去给别人添麻烦了。"洛阳令听了觉得这个人品性纯良，便举荐他为孝廉。唐代狄仁杰在并州做法曹参军的时候，家人都远在河南。一次狄仁杰登上太行山，望着天边的云朵，叹道："我的亲人就住在云朵下面。"直到云散了，他才离去。

北宋大臣王钦若形容清瘦，举止粗俗，钱希白很瞧不起他。有个看相的术士对钱希白说这个人是个贵人，怎么能看不起他呢？钱希白说："还有这样的宰相？"术士说可能就是不久之后的事。结果王钦若真的当了宰相。宋初太尉党进一次吃饱饭，摸着肚子感叹说："我可没亏待你啊。"随从说："您当然没有亏待肚子，是肚子对不起将军您，从没替您出过一个主意！"

梁大夫宋就曾在边境任县令，该县与楚国接壤。两国边境人民都种瓜。梁人勤恳，常给瓜浇水，瓜长得很好。楚人懒惰，很少给瓜浇水，瓜长得不好。于是楚人就偷偷去翻动梁人的瓜，使得梁人的瓜都枯死了。梁人发现这件事之后很生气，都想去报复楚人。宋就却说："别人使坏你也使坏，心胸这么狭隘？我教你们一个法子，晚上偷偷去给他们的瓜浇水，而且别让他们知道。"梁人照他说的做。后来楚人发现自己的瓜都长得好了,就偷偷察看,发现竟是梁人做的。楚人很惭愧,于是拿出丰厚的礼物,向梁国表示歉意,并请求两国交好。曾参种瓜不小心伤了瓜的根。父亲曾皙大怒,拿棍子狠狠地打曾参。曾参被打得晕了过去,过了一会儿才醒来。孔子得知此事后很生气,说:"曾参来了别给他开门。"曾参托人问原因。孔子说:"舜侍奉父亲瞽叟时,小杖则受,大杖则走。现在你侍奉父亲,以身体承受盛怒之下的父亲,狠狠的重击也不躲避,若被打死就陷父亲于不义,这算什么孝?"曾参听了连忙跑去向孔子认错。

唐代雷万春是张巡的部将,安禄山的部将令狐潮围攻雍丘,雷万春站在城上与令狐潮喊话。令狐潮趁机派人朝他放箭,雷万春竟然岿然不动,于是令狐潮怀疑那是木刻人像。后来暗中得知实情后,大为震惊,便远远地对张巡说:"之前见到雷将军的事,足以显示您的军纪严明了。"陈琳曾在袁绍手下掌管文书,代袁绍起草檄文申讨曹操。曹操正生病头痛,听到陈琳写的檄文内容后,忽然说:"这文章治好了我的头痛病。"

春秋时晋国正卿赵简子向大夫成抟问羊殖的品行,成抟回答不知道。并说:"羊殖为人多变,十五岁廉洁而不掩饰自己的过错,二十岁仁厚而忠义,三十岁勇敢而仁德,五十岁任边地将领,远地人民又归附他了。现在我已经五年没见到他了,不知道他又变成什么样了。"赵简子说:"羊殖果然是位贤大夫,每次都变得更好!"战国时期宁越和友人一起种地。一次他对朋友说:"怎么才能不过种地这么辛苦的生活呢?"朋友说:"读书求学。学三十年有所成自然就可以不种地了。"宁越说:"别人休息,我

不休息,这样一来,我只要十五年。"后来他果然成为齐威王的
老师。

汉末王粲年纪轻轻就博闻强识,文思敏捷。大学问家蔡邕
十分欣赏他的才华,一次听说王粲在门外请求拜见,蔡邕急忙出
来迎接,鞋子都穿反了。晋人乐广擅长论说,寥寥数语就能透析
事理,使人充分领会。卫瓘赞扬他说:"这是人之水镜,与他交
往能揭开云雾而见青天。"

唐代李峤字巨山,他的兄弟们都三十岁左右就去世了。母
亲担忧李峤也活不过三十岁,便问袁天罡。袁天罡说:"令郎恐
怕活不到三十岁。"他的母亲又请袁天罡和李峤同寝,以便继续
观察。袁天罡等李峤睡着了仔细查看,发现他的气息从耳中出
入。袁天罡于是向他的母亲恭贺说:"令郎这是龟的呼吸方式,
能贵显长寿。"后来果然如此。南北朝时北齐宰相杨愔字遵彦,
六岁学史书,十一岁学《诗经》《易经》。杨愔的堂兄杨昱很器重
他,对人说:"这小孩乳牙未落,已是我家千里驹了,十年后一定
能大展宏图。"

十三　元

傲倪昭谏,茂异简言①。金书梦珏,纱护卜藩②。
童恢捕虎,古冶持鼋③。何奇韩信,香化陈元。
徐幹中论,扬雄法言。力称乌获,勇尚孟贲。
八龙荀氏,五豸唐门④。张瞻炊臼,庄周鼓盆⑤。
疏脱士简,博奥文元⑥。敏修未娶,陈峤初婚。

长公思过,定国平冤。陈遵投辖,魏勃扫门。

孙瑝织屦,阮咸曝裈⑦。晦堂无隐,沩山不言。

〔注释〕

①傲倪:傲视、鄙视一切,形容非常骄傲。倪,同"睨",斜眼看。茂异:才德出众,是古代科举考试的一个科目。

②珏(jué):合在一起的两块玉。

③鼋(yuán):一种大鳖。

④豸(zhì):即"獬豸",又称"獬廌"。传说中的神兽,独角,能分辨是非曲直,是勇猛、公正的象征。

⑤臼(jiù):春米器具。

⑥疏脱:粗心、疏漏,不精细。

⑦屦(jù):古时用麻、葛等做成的鞋。裈(kūn):古代一种有裆的裤子。

〔译文〕

晚唐诗人罗隐字昭谏,为人恃才傲物,公卿大臣们都很讨厌他。宰相令狐绹的儿子中了进士,罗隐写诗祝贺他。令狐绹知道后对儿子说:"你考上进士没什么,我高兴的是你竟然能得到罗隐的祝贺。"宋代吴简言中了茂异科,经过巫山神女庙,题了一首诗:"惆怅巫娥事不平,当时一梦是空成。只因宋玉闲唇吻,流尽长江洗不清。"当夜他就梦见神女来道谢。

唐代宰相李珏梦见自己在一个仙府看到石壁上有一些金色大字,其中有自己的名字。他很高兴,以为自己不久要做神仙。这时两个仙童说这个李珏是广陵的一个粮贩。果然这位李珏活了一百多岁，最后成仙了。唐朝宰相李藩没做官之前，一个算命先生说他是"纱笼中人"。李藩百思不得其解。后来一个和尚告诉他说：凡是要当宰相的人，地府都会用纱笼罩住他们的名字，免得他们被异物所侵扰。后来李藩真的做了宰相。

东汉童恢做县令时，百姓为老虎所害。他派人设下陷阱，活捉了两只老虎，并喝令说伤害百姓的老虎应该低头认罪，清白无辜的应该嚎叫喊冤。果然见一只老虎低头闭目，另一只老虎看着童恢吼叫跳跃。于是童恢一杀一放，大家都认为他赏罚分明。春秋时，齐景公一次渡河，遇到一只大鼋跳起来把他的马车左边的那匹马拖下水了。齐景公的卫士古冶子马上潜水追大鼋，历经千辛万苦，终于捉到大鼋，杀了它。看到的人都认为他是河神下凡。

西汉萧何见到韩信时，认为这个人是国士无双。但是刘邦没有发现韩信的长处，不重用他，于是韩信偷偷离开了刘邦。萧何一听韩信走了，来不及向刘邦汇报就赶紧去追韩信，并力荐韩信为大将军。后来刘邦终于靠韩信之力战胜了项羽，建立了汉朝。东汉仇览又名仇香。他做亭长时，一个寡妇来告自己的儿子陈元不孝。于是仇香亲自去陈元家教化陈元，终于使陈元成为孝子。

东汉末徐幹有感于当时文人只重辞藻华丽，而不阐扬圣人之道，便著《中论》二十篇。文辞典雅、内容精当，受到时人嘉许。西汉学者扬雄模仿《论语》的形式写了一部《法言》，以此宣扬儒家思想。

战国时秦国大力士乌获力能扛鼎，据说可以抓住牛尾巴把牛拉回来。战国时齐国人孟贲以力气大而闻名。他曾在野外看见两头牛角斗，孟贲冲上前用手分开它们，还掰断了一头牛的牛角。

东汉荀淑的八个儿子都很有才华。因为传说中高阳氏也有八个杰出的儿子，于是大家把荀淑住的地方改名高阳里，他的八个儿子就称为八龙。宋代唐坰、唐肃、唐询、唐介、唐淑五兄弟相继做了御史，被称为"唐门五豸"。

唐人张瞻梦见用舂米的白煮饭，就向术士王生求解。王生说这个预兆是你的妻子可能要去世了。用白做饭，说明没有"釜"，"釜"谐音就是"妇"啊。后来果然如此。庄子的妻子死了，他的朋友惠子前来吊唁。结果发现庄子正坐在地上敲打瓦盆唱歌。惠子说："妻子死了你不悲伤也就罢了，怎么还唱歌？太过分了！"庄子说："妻子刚死时，我也很难过，后来发现本来就无生无死，我为她大哭，不是有悖天理吗？"

南朝梁人张率字士简，为人嗜酒通达，对日常家务不放在心上。他派仆人运三千斛米回吴郡，结果送到时发现米只剩一半。家仆说被鸟雀和老鼠吃掉了一半。张率感叹了一句："好厉害的鸟雀和老鼠啊！"就没再过问了。唐代萧颖士有个仆人叫杜亮，萧颖士经常因各种缘由殴打他。有人劝杜亮另谋一份差使。杜亮回答说："我不是不能走，只不过爱他广博精深的才学罢了！"

南宋陈敏修中进士后，宋高宗问他："你就是陈敏修？你几岁了？"陈敏修说："七十三岁。"高宗又问他有几个儿子，陈敏修回答说："还未娶妻。"于是高宗便把一位三十岁的宫女施氏嫁给他,陪嫁的财物也很丰厚。当时人们开玩笑说:"要是问新郎的年纪,五十年前二十三。"唐代陈峤年近六十才考中进士。考中后有个儒生把女儿嫁给他。新婚之夜陈峤写了首诗,其中有一句写道:"彭祖尚闻年八百,陈郎犹是小孩儿。"

西汉大臣韩延寿字长公。有一次去县里巡查,发现县里有兄弟为争田产而诉讼。韩延寿很自责说:"我不能教化百姓,致使兄弟争讼,都是我的罪过。"于是闭门思过。这一下把县里搞得不知所措,县令、县丞等官员都命人将自己绑了等待降罪。那对争田产的兄弟也赤裸着上身前来谢罪,并表示以后再也不争了。西汉人于定国做了廷尉。他断案审慎执法公平。当时人称赞说:"于定国为廷尉,被判刑的老百姓都认为不冤。"

西汉陈遵喜欢喝酒,每次宴请宾客都把门关上,把宾客的车辖丢进井中,使客人即使有事,也不能离开,只好继续饮酒。西汉魏勃年少时,想求见齐国国相曹参,就常去打扫曹参亲信的大门。这位亲信觉得奇怪,就问他原因。魏勃便说明了自己想见曹参的愿望,这位亲信便让魏勃拜见曹参,后来也成为曹参的门客。

宋亡后,孙琷隐居起来,过着耕种、织鞋、读书的清苦生活,最后活到一百多岁。西晋阮咸任性放达又不拘礼法。阮咸的亲戚们都很富裕,在七月七日晒衣节的时候他们都挂出锦绣衣物出来炫耀。阮咸却把一条短裤挂在竹竿上,说:"不能免俗,那就这样吧!"

北宋大诗人黄庭坚向高僧晦堂请教孔子所说的"吾无隐乎尔"这句话的含义。他走进晦堂的院子时,满院桂花。晦堂说:

"闻到桂花香了吗?"黄庭坚说闻到了。晦堂说:"我毫无隐藏啊!"黄庭坚对他的解释非常钦佩。唐代香严和尚去拜见沩山灵佑禅师。沩山灵佑问他:"父母没生你时,你是什么样子?你说说看。"香严不知道该如何回答。有一天,香严除草时扔出一块砖瓦砸到竹子上发出声响,他忽然省悟。于是朝着沩山灵佑所在的方向焚香遥拜,感叹道:"禅师的慈悲大恩超越了父母,如果当时就解释了,我今天哪能彻悟呢?"

十四　寒

庄生蝴蝶,吕祖邯郸①。谢安折屐,贡禹弹冠②。

颛容王导,浚杀曲端。休那题碣,叔邵凭棺。

如龙诸葛,似鬼曹瞒。爽欣御李,白愿识韩。

黔娄布被,优孟衣冠。长歌宁戚,鼾睡陈抟。

曾参务益,庞德遗安③。穆亲杵臼,商化芝兰④。

葛洪负笈,高凤持竿⑤。释之结袜,子夏更冠。

直言唐介,雅量刘宽。捋须何点,捉鼻谢安⑥。

张华龙鲊,闵贡猪肝⑦。渊材五恨,郭奕三叹。

弘景作相,延祖弃官。二疏供帐,四皓衣冠。

曼卿豪饮,廉颇雄餐。长康三绝,元方二难。

曾辞温饱,城忍饥寒。买臣怀绶,逢萌挂冠。

循良伏湛,儒雅兒宽⑧。欧母画荻,柳母和丸。

韩屏题叶,燕姞梦兰。漂母进食,浣妇分餐。

①吕祖:即吕洞宾(798—?),名岩,字洞宾,号纯阳子。是传说中"八仙"之一。

②屐(jī):木底鞋。

③务益:致力于做使自己有进益的事。

④芝兰:指芷与兰,都是香草。也用来比喻德行、友情或环境的美好。

⑤负笈:背着书箱,指游学外地。

⑥捉鼻:掩鼻。不好意思,谦虚貌。

⑦鲊(zhǎ):本指用盐等调料腌过的鱼,后来腌肉也称为鲊。

⑧儿:同"倪"。

〔译文〕

庄子梦见自己变成了一只翩翩起舞、自由飞翔的蝴蝶,等他醒来时却发现自己是庄子。庄子一时间分不清是自己梦见了蝴蝶,还是蝴蝶梦见了庄子。吕洞宾在邯郸遇见卢生,卢生当时科举不利情绪低落。于是吕祖就拿出一个枕头让他枕着睡觉,说可以让他如愿。果然卢生枕着枕头就恍然来到了另一个世界,在那里卢生功名利禄、富贵荣华、妻美子贤,人间可拥有的富贵福气他都享受到了。等到卢生醒来时,店家的黄粱米饭都还没煮熟,原来只是一个黄粱美梦。卢生也由此彻悟,跟着吕祖云游四海而去。

东晋宰相谢安的侄子谢玄等人在淝水之战中打败前秦苻坚的军队,捷报送到京城,谢安正在与人下棋,他看了捷报也只是淡淡地说"小孩子们已经打败了敌人",而没有表现出格外的惊喜。然而当他回内宅时,由于太高兴了,在门槛上绊了一下,木屐下面的齿都被撞断了,他都没有留意到。西汉人王吉与贡禹要好,既是同乡又志趣相投。当时人就说:"王吉要是做官了,贡禹也就可以弹去帽子上的灰尘准备出来当官了。"

东晋初,权臣王敦叛乱。他的堂弟宰相王导跪在宫门外请罪。这时大臣周颉正好入宫见皇帝。王导大喊请他帮忙说情。周颉没有理会,但是见到皇帝的时候却大力为王导开脱。后来叛军杀进都城,王敦问周颉是否可用时,王导却默然不语,于是王敦杀了他。后来王导才知道周颉当年为自己开脱,十分后悔。南宋武将曲端文武双全,又恃才傲物。他与上司王庶、张浚都不和。张浚本想借曲端来壮大自己的军威,后来遭到其他将领的反对和陷害,最后张浚将曲端下狱,不久他就死在狱中。

明末文人姚康字休那,明亡后他请人在墓碑上先写好"明读书之人姚康之墓"。还写下一副对联:"吊有青蝇,几见礼成徐孺子;赋无白凤,免得书称荙大夫。"以示自己隐居不仕清朝的气节。明末文人方叔邵以诗酒自娱,为人不拘小节。临终前,穿戴好坐进棺木里,靠在棺木上,叫人拿来纸笔写下道别诗后就离世了。

东汉末年诸葛亮隐居在隆中,徐庶称他为"卧龙"。汉末权臣曹操为人奸诈虚伪,到死的时候才显露出真性情,是像鬼一样的人。所以苏东坡有"视亮如龙,视操如鬼"的评语。

东汉大臣李膺为人正直不畏权贵,太学生们都十分景仰他,当时被他接待就被称作登龙门。一次,名士荀爽去拜访李膺,还替他驾车。回来后高兴地说："我今天为李公驾车了。"唐代韩朝宗以喜欢荐举贤士而闻名。大诗人李白给他写过一封信，想获得他的推荐。信中说："生不愿封万户侯，但愿一识韩荆州！"表达自己对韩朝宗的仰慕之情。

战国时齐国隐士黔娄，是齐威王的老师，但是家境十分清贫。他去世时，盖着一块葛被，盖得了脚就遮不了头，盖了头就露出脚。曾西来吊丧，就建议说："把被子斜着盖，头脚就全盖上了。"黔娄夫人说："被子哪有斜着盖的道理？"春秋时楚国贤相孙叔敖去世前跟儿子说，要是生活穷困活不下去了，就去找优孟。优孟是楚国的乐人，他穿着孙叔敖的衣服，模仿他的言谈举止，搞得楚王以为孙叔敖复活了，便想让他再当宰相。优孟拒绝道："孙叔敖为楚国尽忠，死后儿子穷得都快活不下去了，楚国的宰相没什么好当的。"楚王知道了他的用意，便把孙叔敖的儿子封在了寝丘。

春秋时卫国人宁戚很想为齐桓公效力，但出身低微没有人替他引荐。他敲着牛角唱道："南山矸，白石烂，生不逢尧与舜禅，短布单衣适至骭，长夜漫漫何时旦？"齐桓公听到了觉得这个人不一般，就让管仲亲自去把他请过来，拜为上卿。传说陈抟老祖睡功了得，经常一睡十多天，甚至百余日不醒。宋太宗曾两次征召他，他都不理。后来在莲花峰下的石室中羽化登仙。

曾参病重，他对自己的儿子说："我没有颜回的才学，没什么可拿来告诫你们的，但君子应追求进益，只要不贪图小利，自然就不会招致灾祸了。"东汉末年名士庞德公隐居在岘山，从不进城。当时荆州刺史刘表屡次招揽他都被拒绝，于是刘表亲自前去拜访他。刘表说："您不肯做官接受俸禄，以后拿什么留给子孙呢？"庞公说："世人都留危险给后代，我留安定给子孙。"建安年间，庞公带着他的妻子登鹿门山采药，从此再也没回来。

东汉人公沙穆家贫，便去给吴祐舂米。两人一交谈，吴祐发现他谈吐不凡，很有学问，便不顾身份的悬殊，就在舂米的地方跟公沙穆结交为友。有一次孔子说："我死后，子夏会越来越好，子贡会越来越差。"曾子问原因。孔子说："子夏喜欢跟强于自己的人在一起，子贡喜欢和不如自己的人来往。与好的人接触，就像进入放有芝兰的屋子，时间久了闻不出香气，自己会和芝兰一样香。与不好的人交往，就像进入卖咸鱼的商铺，时间长了闻不出臭味，自己也和咸鱼一样臭。所以君子一定要谨慎选择交往对象。"

东晋道教理论家、医药学家葛洪学问渊博，家贫，又遭遇火灾，典籍都被烧掉了，他只好不远万里求书抄书。自己砍柴卖了换来纸墨，据说后来得到了秘术，成仙而去。东汉学者高凤经常聚精会神地诵读经书。有一次，他的妻子在堂前晒麦子，让高凤看着麦子以防鸡啄食。妻子出门后，突然下了一场暴雨，高凤虽手握竹竿，却专心诵读经书，丝毫没有察觉麦子已被暴雨冲走了。

西汉王生擅长道家学说，隐居不仕，当朝廷尉张释之与他很要好。有一次在公共场合，许多大臣都在场。王生对张释之说："我的袜带松了，帮我绑好！"张释之就跪下来帮他绑袜带。过后,有人责怪王生不该当众羞辱廷尉。王生说:"我年老又没地位,也不能为他做什么了,只有用这个办法提高他的名望。"西汉官员杜钦字子夏,年少时喜读书,家中富有,却瞎了一只眼。茂陵人杜邺也字子夏。为了区分两个杜子夏,人们叫杜钦为"盲杜子夏"。杜钦很反感这个称呼,于是做了一顶小帽子戴。从此大家每提到他就说"小冠杜子夏",说杜邺是"大冠杜子夏"。

北宋官员唐介刚直敢言,曾上书弹劾宰相文彦博,言辞恳切率直。后又与王安石争论新法的利弊。东汉刘宽人如其名,为人宽和厚道。有一次他乘牛车外出,有个丢失牛的人竟然走到跟前来,说刘宽乘坐的牛车的牛是他的。刘宽什么也没说,把牛让人牵走了,自己走回家。后来那人找到了自己的牛,就把刘宽的牛送回来,向刘宽叩头赔罪,刘宽也不与他计较。

南朝梁武帝很早就和何点熟识,做皇帝后想让何点做官。何点用手摸着梁武帝的胡须说:"你想要我这个老头做你的臣子吗?"于是就告病回家了。东晋宰相谢安早年隐居在会稽的东山,其弟则身居要职,家中经常有达官贵人前来拜访聚会。谢安的夫人刘氏对谢安说:"大丈夫难道不应该像他们那样吗?"谢安摸着鼻子不好意思地说:"我只怕躲不掉了!"

西晋文学家、大臣张华学识渊博,能力出众。文学家陆机赠给他一罐腌鱼。张华说:"这是龙肉啊。"大家都不信。张华用苦酒淋在上面发出五色光来。东汉隐士闵贡老病家贫,买不起肉,每天只能买一小片猪肝当肉吃。县令知道后,命人每天给闵贡送猪肝。闵贡知道后感叹道:"怎么能增加一县的负担呢?"

于是搬走了。

北宋彭渊材通晓音律，为人率真，喜欢游历四方。他曾说："我有五恨：一恨鲥鱼多刺，二恨金橘太酸，三恨莼菜性冷，四恨海棠无香，五恨曾巩不擅作诗。"三国魏臣郭奕做野王令时，羊祜路经此县。郭奕见到他后赞叹道："羊祜可不比我差呀！"等到第二次会面时，他又赞叹道："羊祜比我强多了。"羊祜已经离开野王县境，郭奕仍然相送。结果郭奕因越出边境被免去官职。他毫不在意仍然赞叹道："羊祜不比颜回差呀！"

南朝梁道士陶弘景隐居在茅山，梁武帝遇到大事经常派人咨询他的意见，当时人称陶弘景为"山中宰相"。唐代元延祖无意仕途，四十岁后才在亲戚的一再勉强下做了几年小官，不久就辞职回家了。他说："人这一生能解决衣食就够了，别的需求我也不想了。"

西汉时，疏广、疏受叔侄二人分别做了太子太傅和太子少傅。五年后，疏广觉得没什么可以再教太子的了，就和疏受一起辞职。皇帝、太子都送他们黄金。临行，公卿大夫又在都门外设帐宴饮为他们践行。东园公、甪里先生、绮里季、夏黄公四人被称为"四皓"，曾是秦朝博士，隐居在蓝田深山中，汉高祖屡次征召都不应。汉高祖想更立太子。吕后请张良出对策，张良建议把"四皓"请来就好办了。后来在一次酒宴上，刘邦看见有四个人一直陪在太子身旁，年纪很大了，须眉皓白，衣冠奇伟，相貌不凡。就问："他们是谁？"四个老人回话，竟然是"四皓"。刘邦大吃一惊，也就打消了换太子的念头。

北宋文人石延年字曼卿，嗜酒。一次他与刘潜痛饮，喝到半夜时酒都喝光了，又把一斗多醋当成酒喝掉了。战国时赵国名将廉颇被人进谗言，逃到魏国。后来赵王又想再起用廉颇，又担心廉颇年纪大了不能胜任，就先派使者去看看。廉颇为了显示自己还能为将，一顿饭吃一斗米，十斤肉，饭后还披挂上马。哪知道使者受了廉颇仇家的好处，回来就给赵王说廉颇虽然能吃，但是吃了不久上了几次茅房。赵王一听觉得廉颇老了，就没再征召他。

东晋画家顾恺之字长康，为人诙谐博学多才。世人认为顾恺之有三绝：才绝、画绝、痴绝。东汉学者陈寔，其长子陈纪字元方，次子陈谌字季方都享有盛名。有一次元方的儿子和季方的儿子争论谁的父亲德行更高，没有争出结果，就去找祖父评判。陈寔说："元方难为兄，季方难为弟。"意思是说两个人差不多。

北宋王曾中状元后，有人跟他开玩笑说："你考三场试换来的东西一辈子也吃不完穿不完。"王曾却说："我志向也不在吃饱穿暖。"唐代隐士阳城家贫，他和弟弟阳谐、阳域经常要轮着穿衣服出门。要是遇到饥荒的年岁，他就以榆树皮熬粥充饥。

西汉大臣朱买臣再次被起用任命为太守时，他故意穿着旧衣服，怀揣着印绶到官府。那些小吏们正在饮酒，对买臣不屑一顾。后来一位小吏看到了他的印绶，便去喊其他人来看，结果一看印绶发现竟然是新任太守，于是大家赶忙拜见买臣。东汉人逢萌赴长安求学，正好遇到王莽杀了儿子王宇，逢萌对朋友说："纲常伦理已经断绝！再不走大祸将要临头。"于是把帽子挂在都城东门，带着家人逃往辽东。

西汉末年，平原太守伏湛见战乱突起，百姓流离失所，便把自己的俸禄拿出来赈济百姓。西汉大臣兒宽早年家贫受雇于人，经常扛着锄头带着经书下地干活。后来跟随孔安国学习，精通《尚书》。兒宽为人温和儒雅，他在同州做太守时，收租根据实际情况决定多寡，让百姓借贷，租税大多不入公库。后来朝廷因为租税欠收，打算将兒宽免职。百姓听说兒宽要被免职，都争相交纳租税以便将他留下。

北宋文学家欧阳修四岁时父亲去世，母亲郑氏亲自教欧阳修学习。因家境贫困，母亲就用荻杆当笔在地上教欧阳修写字。后来欧阳修终成一代文宗。唐代柳仲郢的母亲韩氏，善于教导孩子。她曾把苦参、黄连、熊胆制成药丸，每天晚上让仲郢含在口中提神，以使他继续学习。

唐僖宗宫女韩翠屏在红叶上题诗："流水何太急，深宫尽日闲。殷勤谢红叶，好去到人间。"然后把叶子放在沟渠里让它流走。后来叶子无意中被学士于祐看到了，他也题诗一首在红叶上，最后红叶又戏剧性地落到韩翠屏手中。韩翠屏后来又恰好嫁给了于祐。春秋时郑文公有个小妾名叫燕姞，她梦见天神送给她兰花，并说："这就是你的孩子。"后来燕姞生下郑穆公，就取名为"兰"。

韩信早年家穷，经常没有饭吃，只好到城下的河边钓鱼。几位老妇在那里洗衣物，有一个老妇见韩信饿得不行了，每次来洗衣服的时候，就带一些饭食给韩信吃，一连几十天都是如此。韩信很感动，告诉老妇说："我以后一定好好报答您！"老妇气愤地说:"男子汉都不能养活自己,我可怜你,谁指望你报答?"后来刘邦封韩信为楚王,韩信便赏赐给他饭吃的洗衣老妇千斤黄金。春秋末期,楚国大臣伍子胥逃亡到吴国,路上遇到一个女子在水边浣纱,便向她乞讨食物。吃完后,伍子胥让那位女子收拾好餐具,免得被追捕他的人发现了踪迹。哪知道他没走几步,那位女子就投水自尽了,以表示自己不会泄露伍子胥的行踪。

十五 删

令威华表,杜宇西山。范增举玦,羊祜探环①。
沈昭狂瘦,冯道痴顽②。陈蕃下榻,郅恽拒关。
雪夜擒蔡,灯夕平蛮③。郭家金穴,邓氏铜山。
比干受策,杨宝掌环。晏婴能俭,苏轼为悭④。
堂开洛水,社结香山。腊花齐放,春桂同攀。

〔注释〕

①羊祜(hù,221—278):字叔子,泰山郡南城县(今山东新泰)人。西晋时期杰出的战略家、政治家。曾镇守荆州多年,为西晋灭吴奠定了基础。

②冯道(882—954):字可道,号长乐老,瀛州景城(今河北沧州)人。冯道先后效力于后唐庄宗、后唐明宗、后唐闵帝、后唐末帝、后晋高祖、后晋出帝、后汉高祖、后汉隐帝、后周太祖、后周世宗十位皇帝,期间还向辽太宗耶律德光称臣,始终担任宰相、三公之位。虽然在当时政治名声不好,但他在安抚百姓、选拔贤良方面还是做了一些实事。

③灯夕:元宵节。

④晏婴(? —前500):字仲,史称"晏子"。春秋时期齐国夷维(今山东高密)人,著名政治家、思想家、外交家。后人辑其生平事迹而成《晏子春秋》一书,尤能反映其思想特征。

[译文]

西汉丁令威学道于灵虚山,后来化作仙鹤回到故乡辽东,停在城门前的华表上。唱道:"有鸟有鸟丁令威,去家千年今始归。城郭如故人民非,何不学仙冢累累?"传说帝喾的后裔蜀王杜宇在国相鳖灵的辅佐下平息了洪灾,于是将王位禅让给鳖灵,自己到西山隐居修道。后来得道升天,曾幻化为杜鹃鸟。

项羽的谋士范增建议项羽在鸿门设宴宴请刘邦等人,并在席间杀掉刘邦。哪知道到了宴席上,项羽只顾饮酒,范增在席间多次举起玉玦,示意项羽下决心杀掉刘邦,可项羽却没有采纳。项羽最后被刘邦击败,自刎于乌江。西晋名将羊祜五岁时,忽然有一天对自己的乳母说,邻居李氏家的花园里有个树洞,里面有一个金环。乳母带他去看,果然找到一个金环。李氏知道后说:"这个金环是我死去的儿子丢掉的。"因此大家都认为李氏死去的儿子是羊祜的前身。

南朝齐人沈昭略有一晚喝醉了,拄着拐杖在娄湖苑闲逛。恰好遇到王约,沈昭略盯着王约看了一会儿说:"你怎么又肥又傻?"王约很不开心,马上反唇相讥:"你怎么又瘦又狂?"沈昭略大笑道:"瘦比肥好,狂比傻好。怎么办啊,王约,你这么傻怎么办呢?"契丹君主耶律德光率军灭了后晋,后晋宰相冯道在京师朝见耶律德光。耶律德光知道他毫无政治节操，便讥讽他道：
"你是什么老头？"哪知道冯道马上卑躬屈膝地说："我是个无才
无德的傻老头。"耶律德光一听很开心，又封他做了太傅。

东汉名士陈蕃为人方正严苛，不轻易结交人。他当豫章太
守时，听说徐孺子是豫章名士，十分敬重他。陈蕃还专门为徐孺
子做了一张床榻，平时挂在墙上，在他来访的时候，把床榻放下
来，徐孺子走后就把床榻收起来。汉光武帝刘秀带人外出打猎，
深夜回城。洛阳上东门的守卫长官郅恽不给开城门，汉光武帝
只好绕道从中东门进城。第二天郅恽上奏章说："皇帝您到遥
远的山林里去打猎一整天，直到深夜才回来。这样下去国家怎
么办？"光武帝欣赏郅恽的胆识，赏赐他一百匹布，同时把管中
东门的守卫官员贬了职。

唐代李愬(sù)讨伐叛将吴元济。李愬最初没什么名气，吴
元济听说李愬为将很轻视他，也不认真备战。李愬趁一个大雪
的夜晚突袭吴元济老巢，并将其活捉，平了淮西之乱。北宋名将
狄青任广西宣抚使，奉命平定侬智高叛乱。狄青到达宾州时，恰
逢元宵节。狄青故意在晚上张灯结彩，赏灯饮宴，以麻痹敌兵，
乘夜一举攻破昆仑关。这就是历史上有名的"灯夕平蛮"。

汉光武帝刘秀对郭皇后的弟弟郭况十分赏识，赏赐给他大
量财富。据说仅黄金就有数亿。郭家被人称作"金穴"。汉文
帝宠臣邓通，相士给他看相说他将来会饿死。汉文帝于是赐给
他一座铜山，准许他自己炼铜铸钱，这样确保他衣食无忧。哪知
道文帝去世后，汉景帝一上台就抄没了邓通的家产，邓通最后还
是饿死了。

西汉何比干在汉武帝时担任廷尉，办案以仁义、宽大为本，平反冤狱使几千人得以存活。有一天一位老婆婆登门拜访，对何比干说："您祖上积德，现在您又平反了诸多冤案，所以今天上天派我来给您策书以广大您的子孙。"于是从怀中取出九十九枚策书，说："将来你的子孙做官的就是这个数。"东汉人杨宝九岁时，在华阴山北见到一只被猫头鹰所伤的黄雀掉在地上，奄奄一息。杨宝把它带回家养了一百多天，黄雀伤好后就飞走了。有一天夜里一个穿黄衣的童子拿出四枚白玉环给杨宝说："好好保管这些白玉环，您的子孙品德高尚，累世三公，就像这白玉环一样。"杨宝的子孙从杨震到杨彪，果然四世太尉。

春秋时期，齐国国相晏婴厉行节俭，吃饭不用两道肉食，他的妻妾也不穿华丽的衣物，自己的一件皮裘大衣穿了三十年。北宋文学家苏轼给李公择写信说："我马上五十岁了，才知道过日子最重要的是悭吝，说好听点就是节俭。"

北宋宰相文彦博晚年羡慕白居易曾举办九老聚会，于是他也在洛阳将德高望重的大臣如富弼、司马光等人请来，办了一个耆英会，还建了一座耆英堂。白居易号香山居士。晚年从官场退休后，过着诗酒生涯，十分惬意。他还与志同道合的朋友共结香山社，每天吟诗作赋，大家都很羡慕他们，还专门绘制了一幅《香山九老图》。

大周武则天天授二年腊月，一些大臣假称皇家园林开了很多花，邀请武则天去赏花，企图趁机发动政变。武则天怀疑他们有所图谋，便派使者命百花齐放。第二天，园林中果然开满鲜花，大臣们都很惊异，认为武则天称帝是天意，于是打消了发动政变的念头。相传明代仪真有蒋南金、王大用二书生，元旦一起游庙，闻到桂花香，二人各折桂花一枝。有孩童唱道："一布政，一知府。掇高魁，花到手。"后来蒋、王二人果然都中了进士，蒋官至知府，王官至布政使。

卷之三

一　先

飞凫叶令，驾鹤缑仙^①。刘晨采药，茂叔观莲。

阳公麾日，武乙射天^②。唐宗三鉴，刘宠一钱。

叔武守国，李牧备边。少翁致鬼，栾大求仙。

彧臣曹操，猛相苻坚。汉家三杰，晋室七贤。

居易识字，童乌预玄。黄琬对日，秦宓论天。

元龙湖海，司马山川。操诛吕布，膑杀庞涓。

羽救巨鹿，准策澶渊^③。应融丸药，阎敞还钱。

范居让水，吴饮贪泉。薛逢羸马，刘胜寒蝉。

捉刀曹操，拂矢贾坚^④。晦肯负国，质愿亲贤。

罗友逢鬼，潘谷称仙。茂弘练服，子敬青毡^⑤。

王奇雁字，韩溥鸾笺。安之画地，德裕筹边。

平原十日，苏章二天。徐勉风月，弃疾云烟^⑥。

舜钦斗酒，法主蒲鞯。绕朝赠策，苻虏投鞭。

豫让吞炭，苏武餐毡。金台招士，玉署贮贤。

宋臣宗泽,汉使张骞。胡姬人种,名妓书仙。

〔注释〕

①凫(fú):水鸟名,俗称野鸭。缑(gōu)仙:缑氏山的神仙,通常指周朝的王子乔。缑氏山在今河南省。

②麾(huī)日:指挥太阳。

③澶(chán)渊:古地名,在今河南濮阳。

④拂矢:让箭从目标旁边擦过,形容射术高超。

⑤练(shū)服:古代一种用粗麻布做成的服装。

⑥风月:本指清风明月,美好的景色。这里指闲适之事。云烟:云雾烟气,用来比喻极易消失的事物。

〔译文〕

东汉叶县县令王乔会仙术,每次从县城回到京城都不乘坐车马。皇帝对这一点感到非常纳闷,就吩咐人暗中观察。不久侦察的人回报说,每次王乔快要到京城的时候总会有一对野鸭飞来。于是皇帝就命人把野鸭网住,结果网到的却是一双鞋子。周灵王的太子王子乔,被一位叫浮丘公的道士带到嵩山去修道。他在那里待了三十多年。有一天王子乔对来寻找他的柏良说:"麻烦你转告我的家人,七月七日在缑氏山顶等我。"到了那一天,果然见王子乔乘着一只白鹤,飞临山顶。大家虽然见着了,却无法接近。

东汉人刘晨与他的好友阮肇一起到天台山采药材,在山中遇到两位漂亮的女子,并与他们结为夫妇。半年后,刘晨和阮肇想起了山下的家乡，便辞别二女回家，哪知道回家后发现人间已经过了十代了。据说到了西晋太康年间，刘晨又忽然不见了，没有人知道他去哪儿了。北宋周敦颐字茂叔，理学鼻祖。他喜爱莲花，亲自建池种莲，莲花一盛开，他就前往观看。并写下《爱莲说》，认为莲花是花中君子。

楚国大夫鲁阳公率军与韩国大战，由于双方势均力敌，太阳快下山了还没分出胜负。于是鲁阳公举起手中的戈挥向太阳，示意太阳后退，延迟下山，结果太阳真为他倒退了九十里。商朝的武乙在位时昏庸无道，成天想一些荒诞不经的事情，有一次命人做一个皮囊，里面装满了猪血，挂在高处，然后仰面而射，称之为"射天"。

唐代名臣魏徵病逝后，唐太宗悲痛地对其他大臣们说："以铜为镜，可以正衣冠；以古为镜，可以知兴替；以人为镜，可以知得失。我常保此三镜，以防己过。今魏徵逝世，我丧失了一面镜子。"东汉刘宠为官勤政爱民，为百姓做了不少实事。后来因政绩斐然被调入京，离任时，有五六位须发皓白的老人各带百钱赶来向他道别。刘宠象征性地接受每人手中的一枚钱。当他走出地界时，就把钱投进了江中。因此，他被时人称为"一钱太守"，投钱的江被命名为"钱清江"。

春秋时期晋文公重耳在外流亡十九年才得以回国即位。流亡期间，曹国、卫国曾对他很不友好，因此即位后晋文公即发兵征讨曹卫。卫人为取悦晋文公，就将卫成公流放到襄牛，国政委托给弟弟叔武。后来卫成公获准回国，叔武前来迎接的时候却被卫成公部下杀害了。战国末期赵国名将李牧奉命镇守赵国北部边境。他能根据当地实际情况，灵活运用策略消灭匈奴十多万骑兵，使得匈奴十余年都不敢接近赵国边城。

汉武帝宠幸的李夫人死后，武帝很怀念她。有个术士李少翁自称懂仙术，能把李夫人的魂魄招回来。汉武帝过于思念李夫人，便依了少翁的话。晚上武帝坐在帷帐中，透过帷幕，果然隐约看到了李夫人的身影。于是，汉武帝就封少翁为将军，赏赐很多财物。汉代术士栾大被汉武帝封为五利将军，武帝还把一个公主嫁给他。栾大知道武帝急于求仙的心理后，对他宣称"黄金可成，河决可塞，不死药可得，仙人可致。"武帝颇为心动。栾大又宣称要为武帝入海寻仙，其实只是在泰山附近兜了一圈，施法又不灵验。最终触怒了汉武帝，被腰斩而死。

东汉末年荀彧听说曹操雄才大略，就去投奔他。曹操和荀彧接触过后，高兴地对人说："这就是我的张良。"许多军国大事都与荀彧商议。东晋十六国时期，王猛由吕婆楼力荐辅佐前秦君主苻坚，官至宰相。苻坚说："我得到王猛，就像刘备得到诸葛亮一样。"前秦也在王猛的治理下国力强盛，终于统一了北方。

汉高祖刘邦打败项羽后说："运筹帷幄，我不如张良；镇抚百姓，我不如萧何；攻城略地，我不如韩信。这三位都是人杰，我能重用他们，这就是我取胜的原因。"魏末晋初七位贤士，嵇康、阮籍、山涛、向秀、阮咸、王戎、刘伶志趣相投，经常同游畅饮于竹林。

唐代大诗人白居易六七个月大的时候，奶妈教他认"之""无"两个字后，他很快就记住了。以后再考这俩字，无论多少次他都不出错。西汉著名学者扬雄的儿子童乌天资聪慧,九岁就能参与讨论他父亲所写的《太玄》一书了。

东汉黄琬十分聪慧,他的祖父黄琼是魏郡太守。有一年黄琼上报朝廷说有日食发生,但都城却看不到这种天象。朝廷下诏书问日头被蚀掉多少?黄琼一时想不出形容的词句来回复。七岁的黄琬在一旁说:"为什么不说日食剩下的部分就像上弦月刚出现的样子呢?"蜀汉丞相诸葛亮设宴款待东吴使臣张温,大学者秦宓迟到了。张温听说秦宓学问很好,便出了很多关于"天"的问题让他回答,秦宓闻声即答,毫不迟疑,张温听后十分钦佩。

东汉大臣陈登字元龙,文武双全,胆量过人。名士许汜评价他说:"陈元龙是湖海之士,那种豪气一点儿没变。"意思是说陈登有一股江湖气。刘备问他为什么这么说。许汜说:"我跟他会面,他好久都不跟我说话,自己坐在大床上,让我坐小床。"刘备说:"你只关心田地房产,说话空洞无用。要是我,我自己跑到百尺高楼上,让你坐地上,岂止是大床与小床的区别!"西汉司马迁二十岁开始游历名山大川,探察古人遗迹,收录各地有关传说,最后撰成《史记》。

东汉末年,曹操征讨吕布,包围吕布据守的下邳,引来泗水和沂水灌城,攻破下邳,活捉了吕布。吕布想投降。曹操觉得吕布这个人反复无常,拒绝接受他投降,下令缢杀了吕布。传说军事家孙武后裔孙膑,曾与庞涓一起学兵法。庞涓后来成为魏惠王的将军,自认为才能比不上孙膑,就陷害孙膑,挖掉他的膝盖骨,并在他脸上刺字。后来孙膑逃到齐国,帮齐国两败庞涓,最后逼庞涓自杀。

秦末诸侯并起,反抗秦朝暴政。秦将章邯率秦军击溃楚国项梁的部队后,又率军包围赵国巨鹿。赵国向诸侯军求救,诸侯虽然发兵救赵,但都不敢与秦军交战。只有项梁的侄子项羽率领楚军破釜沉舟,九战秦军,最终截断秦军运粮通道,大破秦军,解了巨鹿之围。北宋真宗时期,辽国大举入侵。大臣寇准坚持请求真宗亲自率军抵抗辽军。最后宋军击溃辽军,促使双方进行和谈,签订了澶渊之盟。

东汉大臣祝恬在被征调的途中感染瘟疫,想到他的朋友谢著那里调养,谢著怕被传染不让他来,只好辗转到了汲县。县令应融说:"祝恬是国家英才,哪能让他就这样待在驿馆不闻不问呢?"于是亲自为他调配药丸,甚至连身后事都预先为他办好了。最后祝恬在应融的照顾下竟然康复了。东汉大臣第五尝离任时,将自己积攒的俸禄一百三十万钱存放在官员阎敞处。第五尝死后,他的孙子来向阎敞要钱,阎敞就把一百三十万如数奉还。第五尝的孙子说祖父说只有三十万存在这里,阎敞说估计是你祖父病重时说错了,就是一百三十万。

南朝宋明帝有一次和大臣提及广州有个贪泉,喝了里面的水就会变得贪得无厌。就问范柏年说:"你故乡有没有这样的水?"范柏年答道:"我老家只有文川、武乡、廉泉、让水。"明帝又问:"那你住在哪儿呢?"范柏年说:"我住在廉、让之间。"宋明帝觉得他一语双关,赞叹他回答得好。东晋大臣吴隐之为官清廉,生活贫穷,常常以粥果腹。后来朝廷派吴隐之去广州当刺史。这里有个贪泉,据说一饮贪泉水就心生贪念。吴隐之到了贪泉边，舀水来喝，并写了一首诗："古人云此水，一歃怀千金。试使夷齐饮，终当不易心。"意思是廉洁的人喝贪泉水也不会改变操守，吴隐之为官果然清廉。

唐代薛逢中进士第三名，多年后他由地方进京，骑着一匹瘦弱的马缓缓而行，正好与新科进士游街的队伍相逢，开道的官员挥手示意薛逢让路。薛逢就是不让路，还对开路的官员说："你不要以貌取人！我家老太婆十几岁时也曾涂脂抹粉！"意思是说自己之前也中过进士也这样游街过。东汉末年的杜密是个真诚刚直的人，他罢官回乡后，每次见地方官都毫不避讳地推荐人才。他的老乡刘胜也是告老还乡的官员，他的行为却与杜密刚好相反，从来不干预地方官员的施政行为。地方官员经常被杜密干涉，觉得很烦，又不好明说，只能委婉地说："刘胜真是一位道德品质高尚的人。"杜密听出他话里有话，就大声回应道："刘胜见到有才能的人不推荐，知道坏人也不揭发，只知道维护自己，就像秋天不鸣的蝉一样，这种人是有罪之人！"

东汉末年匈奴使者来见曹操，曹操认为自己样貌不够雄伟，就让样貌雄壮的崔琰假扮他去接待匈奴使者，他自己则手握大刀站在崔琰身边充当护卫。接待仪式完毕后，曹操派人问使者："你觉得魏王怎么样？"匈奴使者回答说："魏王仪表俊美不凡，但坐榻前那个执刀人才是真英雄啊！"曹操听说后，即刻派人去追杀这个眼力好的使者。十六国时期，前燕皇帝慕容俊大将贾坚射术精良，膂力过人，可以拉开三石多的弓。一次慕容俊叫人牵来一头牛放在离贾坚百步之外的地方让他射。贾坚射出一箭从牛脊上飞过，再一箭从牛腹下擦过，两箭都是贴着牛皮把牛毛射下来。围观的人不懂射箭，以为他没射中，就问能不能射中？贾坚说："射箭看重的是怎么射不中，射中有什么难的呢？"

唐代徐晦做了栎阳尉，是杨凭推荐的，二人十分要好。后来杨凭被贬，临行只有徐晦一人为他送行。不久御史中丞李夷简推荐徐晦为监察御史。徐晦对李夷简说："我不曾登门拜见过您，您为什么信任我、提拔我呢？"李夷简说："你不惜冒着被连累的风险去送杨凭，既然不会辜负杨凭，会辜负国家吗？"北宋范仲淹被贬官，其他官员们害怕受到牵连，都不敢为范仲淹送行，只有王质毫不犹豫地带着酒去为范仲淹饯行。有人责怪他自找麻烦，王质说："范仲淹是贤人，能被认为跟他一党，那真是一件荣幸的事！"

东晋人罗友家贫，嗜酒，为人率真不拘小节。一次荆州刺史桓温邀下属为即将出任太守的人饯别，爱吃爱喝酒的罗友也被邀请出席，却迟到了。桓温觉得很奇怪，问他原因。罗友说："一大早我就出门了，但途中却遇到个鬼嘲弄了我半天，说什么只见我去送人当郡守，却从没见过别人送我去作郡守。"桓温笑了，就推荐罗友为襄阳太守。北宋潘谷是伊川、洛水之间一名制墨师。他制的墨不仅物美价廉，还允许读书人赊账。苏东坡听到这事后说："潘谷不是普通的市井小民。"并送潘谷一首诗，其中有两句说："一朝入海寻李白，空看人间画墨仙。"将墨师潘谷尊称为墨仙，足见他的技艺和品格超凡脱俗。

东晋宰相王导字茂弘，他长于因事制宜，为东晋在江南稳住脚跟立下汗马功劳。当时东晋王朝刚建立，国库空虚，仅剩下几千匹粗麻布。这些粗麻布价格低廉，且还卖不出去，朝廷费用又不足，大家都很忧虑。王导便率群臣每人做一件粗麻布衣来穿，结果士大夫们纷纷效仿。这种粗麻布一下子变得供不应求，价格节节上涨。朝廷便乘机卖掉粗麻布，换钱以充国库。东晋书法家王献之字子敬，一次家中遭贼，房里的东西没有一样不拿的。王献之却继续躺着不动，贼还想再爬上橱柜去翻找。这时王献之才慢悠悠地说："那条青毡是我家传的老东西，留下它行吗？"那群贼一听吓得赶紧丢下东西逃走了。

宋代王奇年轻时在县衙里当一名小吏。一次县令在屏风上题雁字诗："只只衔芦背晓霜，昼随鸳鹭立寒塘。"王奇看到后在其后续题两句："晚来渔棹惊飞去，书破遥天字一行。"县令看到王奇的句子后，觉得是可造之才，便激励他向学。后来终于考中进士，官至殿中侍御史。宋代韩溥、韩洎两兄弟都颇有文采。但韩洎有些看不上韩溥，曾对人说："我哥写文章就像盖茅草屋，顶多能遮风挡雨罢了；我写文章，就像造华丽的五凤楼。"韩溥知道后就把别人送来的十种印有鸾凤的彩纸寄给弟弟，并附诗一首："十样鸾笺出益州，新来寄自浣溪头。老兄得此全无用，助尔添修五凤楼。"

唐代官吏严安之执法严酷，老百姓都怕他。有一次唐玄宗在洛阳五凤楼前宴饮，百姓都拥过来观看。一时人声鼎沸，楼上根本听不清音乐。即使维持治安的护卫们不停地挥舞手中的棍棒，也无法制止民众喧腾推挤。玄宗没办法，只好招严安之来维持秩序。严安之一到场，用手板在地面画一线，说："敢超越这条线的一律处死！"果然无人敢跨越。唐代大臣李德裕任西川节度使。李德裕在成都府西建筹边楼，将蜀地地形图挂在墙上，每天邀一些熟悉边防事务的人来筹边楼谈天。不到一个月，李德裕就对蜀地了若指掌。

战国时期秦昭王听说其国相范雎的仇人魏齐藏在赵国平原君处，就写了封信给平原君，邀请平原君来秦国痛饮十天。宴饮数日后，秦王便要平原君派人回去把魏齐的头拿过来，否则就举兵伐赵。魏齐趁夜逃往魏国，最后自刎而死。东汉人苏章任冀州刺史时，他的一个老朋友犯了法。苏章请他来叙旧。这位老朋友以为罪可以免，就高兴地说："别人头顶上都只有一个天，独我有两个天！"苏章说："今天我与老友喝酒叙旧，是私情；明天冀州刺史公堂审案，那是国法。"第二天就把他的老朋友法办了。

南朝梁大臣徐勉被任命为吏部尚书，主管官吏的铨选。一晚徐勉与门客聚会，门客虞暠趁机向徐勉求官。徐勉说："今晚只谈风月，不及公事。"当时人都钦佩他公正无私。南宋词人辛弃疾文武双全，志在收复北方沦丧国土。但朝廷主和派掌权，致使辛弃疾被朝廷闲置长达二十多年。他有一阕《西江月》写自己闲适度日的情形："万事云烟忽过，一身蒲柳先衰。而今何事最相宜？宜醉宜游宜睡。早趁催科了纳，更量出入收支。乃翁依旧管些儿，管竹管山管水。"

宋代诗人苏舜钦身材魁梧，为人豪迈嗜酒。他住在岳父杜祁公家时，每天夜晚都要饮酒一斗左右。他的岳父杜祁公也很奇怪他晚上能喝这么多酒。一夜，岳父偷偷地观察他，发现苏舜钦正在读《汉书》。读到张良与刺客用大铁锤袭击秦始皇，却只误中始皇副车时，他拍着桌子说："没击中，真可惜！"于是喝了满满一大杯酒。读到张良与刘邦相遇时,他又拍着桌子说:"君臣相遇,竟是如此的困难。"又喝下一大杯酒。杜祁公看了笑着说:"有这样的下酒物,喝一斗不能算多啊!"隋末瓦岗军领袖李密字法主,早年在朝为官,遭隋炀帝猜忌,便辞官回家,折节读书。一天李密要外出访友,他用蒲草编成垫子,垫放在骑乘的牛背上,把《汉书》挂在牛角上,一手拉缰绳,一手拿着书,边走边看。越国公杨素在路上遇见李密,见此情景,十分好奇,与他交谈一阵子,发现李密很有抱负。回家后,杨素对儿子杨玄感说:"你们几个兄弟都比不上李密。"

春秋时期晋国的士会与当权的赵盾不和,逃亡至秦国。晋国担忧秦国重用士会,便使用反间计让士会离开秦国。临行前,秦国大夫周绕朝赠策书给士会,并说:"你不要以为秦国没有人才,只不过我的谋略恰好没有被采用而已。"前秦皇帝苻坚统一北方后想发兵攻打东晋,实现南北一统,但是有些大臣们以东晋拥有长江天堑为理由反对他进攻东晋。苻坚听完大臣们的意见后反驳说:"春秋时吴王夫差、三国时吴王孙皓,都凭借长江天堑,仍然被灭亡。现在我有百万大军,每个人把马鞭投入长江,就足以截断长江水流。还怕什么长江天堑?"结果在淝水被晋军打得大败,前秦国力耗损严重,北方又陷入混战局面。

春秋时期,赵襄子联合韩康子、魏桓子灭了智伯,并瓜分了智伯的土地。赵襄子特别痛恨智伯,便将智伯的头砍下来,做成酒器。智伯的手下豫让,逃到深山中,立誓要为智伯报仇。结果行刺赵襄子没有成功。赵襄子认为他是义士,便放了他。豫让被放回后,全身涂漆,让皮肤长疮,从而改变自己的样貌;又吞热炭烫坏喉咙，使声音变得嘶哑，连他的妻子都认不出来。后来还是行刺失败，豫让请求赵襄子拿一件穿过的衣服给他，然后拔剑跳了好几下刺向衣服，当作报仇，最后自刎而死。汉武帝派苏武出使匈奴，结果被匈奴扣押起来。匈奴不给他饮食，企图逼他投降。哪知道苏武饥渴难忍时就嚼雪连同毡毛一起吞下，誓死不投降。就这样在匈奴待了十九年，才被放回汉朝。

战国时期，燕昭王想招揽贤才来为燕国效力，使燕富国强兵，便向郭隗问对策。郭隗回答说："从前有一位国君，用千金寻求千里马，可是过了三年还是没有买到。一人自告奋勇，请求去买马。国君允准了。三个月后买得千里马，但马已经死了，于是用五百金买了死马的头。回去后国君十分生气说：'我要的是活马，你竟然花五百金买一匹死马！'那人回答说：'死马都肯花五百金来买，何况是活马呢？'果然不到一年，就有人带着千里马来卖。现在您如果真想延揽贤士，就从我开始。我尚且被尊重，何况那些比我强的人？"于是昭王为郭隗建造黄金台，并尊他为师。消息一出，乐毅从魏国来，邹衍从齐国来，剧辛自赵国来。燕国迅速强大起来。宋代苏易简才思敏捷，考中第一名进士，宋太宗很器重他。一天，宋太宗亲笔书写"玉堂之署"四字，赐给苏易简。后来在一次宴会上宋太宗说："君臣千载会。"苏易简立刻对道："忠孝一片心。"宋太宗一听越发高兴，便将宴席上的金器全部赏赐给了他。

北宋末年名将宗泽文才武略，均优于群臣。金兵南下侵宋，宗泽屡次与金兵交战，未尝败绩。但由于孤军奋战，兵力不足，最终没能解开封之围，北宋灭亡，宋室南迁。宗泽立志收复沦陷国土，无奈主和派把持朝政，宗泽英雄无用武之地。他临终前仍心系北伐，不停吟诵"出师未捷身先死，长使英雄泪满襟"，并嘱咐部将要继续抗金，没一句话涉及家事。汉武帝即位后派张骞出使西域。途经匈奴领地时，张骞一行人被匈奴扣留了十多年。后来张骞趁机逃离，继续向西，等他最终回到汉朝时，已经是十三年后了。张骞出使西域，虽然没能实现汉武帝的战略目的，但是张骞在西域的游历，为丝绸之路的开辟奠定了基础。

西晋竹林七贤之一的阮咸蔑视礼法，常常做出出格的事。他曾与姑姑的鲜卑族婢女私通，并让她怀上了自己的孩子。后来阮咸的母亲去世了，他在家为母亲守孝。一天，他听说姑姑要搬到很远的地方，于是穿着丧服借了别人一头驴子去追姑姑，追上后对姑姑讨要那位鲜卑族婢女，说："她怀了我的孩子，人种不能丢啊！"最后把这位婢女带回了家。唐长安名妓曹文姬，擅长书法，被推为关中第一，号称"书仙"。凡求会面者，都要先写一首诗给她，她觉得诗不错才肯见一面。有一位岷江籍的任姓书生写了一首诗给曹文姬，其中说："玉皇殿上掌书仙，一点尘心谪九天。"曹文姬看到诗后，很高兴，便与他结为夫妇。

二　萧

滕王蛱蝶，摩诘芭蕉^①。却衣师道，投笔班超。
冯官五代，季相三朝。刘蕡下第，卢肇夺标^②。
陵甘降虏，蠋耻臣昭^③。隆贫晒腹，潜懒折腰。
韦绶蜀锦，元载鲛绡^④。捧檄毛义，绝裾温峤^⑤。

郑虔贮柿,怀素种蕉。延祖鹤立,茂弘龙超。

悬鱼羊续,留犊时苗。贵妃捧砚,弄玉吹箫。

〔注释〕

①蛱(jiá)蝶:蝴蝶的一种,形体较一般蝴蝶大。摩诘(jié):唐代诗人王维,字摩诘。

②下第:科举时代指殿试或乡试没考中。

③蠋(zhú):指王蠋,战国时齐国退隐大夫。

④鲛绡(xiāo):传说中鱼尾人身的鲛人所织的绡。亦借指薄绢、轻纱。

⑤绝裾(jū):扯断衣襟。形容离去的态度坚决。

〔译文〕

　　唐高祖的儿子滕王李元婴擅长画蝴蝶,他的《蛱蝶图》绘有各种斑纹的蝴蝶,在当时备受欢迎。诗人王建曾描绘过当时拓印《蛱蝶图》的场景:"内中数日无呼唤,拓得滕王《蛱蝶图》。"唐代大诗人王维字摩诘,也擅长绘画。但是他画画从不拘泥于写实,往往将各个季节的花画在一张图上。比如他的《袁安卧雪图》,就是在下雪的场景中绘有芭蕉树,虽然不合情理,但笔随意到,别有一番情趣。

　　北宋诗人陈师道掌管祭祀事务。当时天寒地冻,没有厚厚的皮袅根本不能抵御寒冷的天气。陈师道家贫,只有一件单薄的袄子,于是他的妻子就向姐夫赵挺之家借了一件厚皮袄。陈师道问得皮袄的来历后,坚决要把皮袄退回去,并说:"你不知道我不穿他家的衣物吗?"结果当晚就冻病了,不久就去世了。

东汉著名外交家、军事家班超早年随哥哥班固、母亲一起去洛阳生活。班固当时奉命整理图书,俸禄不多,班超只好替官府抄抄文书贴补家用。但是班超志向远大,很不满这种生活。有一次终于把笔扔到地上,感叹道:"大丈夫就算没什么特殊的才能,也应该在异国他乡建功立业,怎么能一直和笔墨纸砚打交道呢?"后来他真的在西域立下大功,被封为定远侯。

五代时期的冯道,字可道。先后在后唐、后晋、契丹、后汉、后周五朝为官。当时舆论都鄙薄他在政治上毫无节操,是卖国求荣的叛徒。他却无动于衷,晚年还写了一篇《长乐老自叙》记录自己的政治生涯。春秋时期鲁国的季文子曾辅佐鲁宣公、成公、襄公三位国君。政绩斐然,死后家无遗财。

唐代刘蕡考对策试的时候痛诋宦官专权,考官冯宿等人看到后都很感叹,却不敢录取他。李郃对这局面很生气,说:"不让刘蕡这种敢说真话的人考上,让我们这些唯唯诺诺之辈考上,这公平吗?"于是他上书朝廷建议表彰刘蕡,但由于宦官把持朝政,这封奏疏也没有下文了。唐代卢肇与黄颇一起参加科举考试,当地官员却只为黄颇一人饯行,结果第二年反倒是卢肇中了状元。卢肇回乡后,地方官请他看赛龙舟,卢肇写了首诗讽刺当地官员,以表达当年他们不给自己饯行的不满:"向道是龙人不信,果然夺得锦标归。"

西汉名将李广的孙子李陵擅长骑射,善养士卒。一次他率兵五千与匈奴交战,屡次击败匈奴,导致匈奴误以为李陵部为汉军主力,倾全国之力合围李陵。李陵被围,外无救兵,矢尽粮绝,只能投降。汉武帝得知后大怒,将李陵的家人全部处死。李陵得知自己家人的遭遇后，也就心甘情愿地投降了匈奴。战国时燕昭王派名将乐毅率军伐齐，连下齐国七十余城，齐国仅剩下两座城池没有被攻下，形势岌岌可危。这时乐毅听说齐国画邑人王蠋贤能，便派人请他去燕国做官。使者威胁他说："如果不肯，就屠杀画邑的老百姓。"王蠋说："国家都快灭亡了，我还苟活着干吗！"于是就自杀了。

晋代每年七月七日都是晒衣服的日子。这一天郝隆不晒衣服，却仰面躺在太阳底下。大家都很奇怪他的做法，便问他原因。他说："我在晒我肚子里的书。"东晋大诗人陶渊明名潜，无意仕途，嗜酒豁达。在彭泽县令上仅待了八十多天。当时上级派督邮来县巡查，属下让陶渊明去迎接督邮，陶渊明却说："我哪能为区区五斗米的俸禄就弯腰迎接一个俗人呢？"于是便辞官回家了。

唐代韦绶家学渊源，三世五人都是翰林学士。韦绶特别受唐德宗赏识。有一次唐德宗带着韦妃去看望他。恰好韦绶在睡觉，德宗见天气寒冷，便把披在韦妃身上的蜀锦织成的袍子盖在他的身上。唐代大臣元载有一顶从南海进贡来的紫色帷帐。传说是鲛绡，又轻又薄，看上去像没有罩一样，但是坐在帷帐里，即使是冬天，风也吹不进来，盛夏又倍觉清凉。

东汉毛义侍奉母亲颇为细心，孝义的名声天下皆闻。名士张奉慕名前来拜访。恰好任命毛义做县令的文书到了，他捧着文书欣喜若狂。张奉见此情形，觉得毛义这个人把功名利禄看得太重，十分鄙薄他。后来毛义的母亲去世了，毛义辞官守孝，再也没有出来做官。张奉这才明白当初毛义那么高兴，纯粹是为了取悦母亲。东晋大臣温峤奉命出使建康,母亲拉着他的衣襟不让他走。温峤认为公务当先,便扯断衣襟走了。后来战乱频仍,朝廷也不放温峤离开,直到他的母亲去世,他都不能回家奔丧,为此他十分后悔。

唐代诗人、书画家郑虔家贫,买不起纸,他就把柿子树的落叶积聚起来,每天用这些叶子代替纸张写字在上面。唐代大书法家怀素和尚买不起纸,便种了很多芭蕉树,把芭蕉叶当作纸张来练字。

西晋大臣嵇绍字延祖,魏时嵇康之子。一次,有人对王戎说:"延祖器宇不凡,站在人群中就像鹤立鸡群一样,卓尔不群。"王戎说:"那是因你没见到他的父亲嵇康!"意思是嵇康更加卓尔不凡。后来嵇绍为保护晋惠帝牺牲了自己的生命。东晋丞相王导字茂弘,小字阿龙。后被拜为司空,就任的时候,廷尉桓彝梳起两个发髻,穿着葛裙,拄着拐杖,在路边观察他。赞叹说:"人们都说阿龙出众,现在一看阿龙确实出众!"不觉跟随到官府大门口,才发现自己都没有穿戴整齐。

东汉官员羊续为官清廉,下级官员送给他一条鱼,他不便拒绝,就收下了挂起来。等到后来那位下属又来送鱼给他时,他就指着挂起来的鱼给下属看,从而杜绝了他再送的念头。东汉官员时苗在寿春做官的时候,用一头母牛拉车。不久这头母牛产下一头小牛犊。离任的时候,时苗说:"我到任的时候也没带这头小牛,就把它留在这里吧。"下属都说:"牲畜只认得其母,应该由您把它和拉车的母牛一起带走。"时苗坚决不同意,最后还是把小牛留下了。

唐玄宗一次外出游玩,突然有所感发,就传召大诗人李白前来写诗。哪知道李白喝得大醉,只好用冷水敷脸,等他酒醒了几分后,让杨贵妃给他捧砚磨墨。李白一气呵成,写下了著名的《清平调》。唐玄宗读了十分高兴,让乐官谱上乐曲演奏。传说春秋时期秦穆公把女儿弄玉嫁给擅长吹箫的萧史。萧史天天在家里教弄玉吹箫,夫妻俩琴瑟和鸣。后来萧史乘龙,弄玉跨凤一起升天而去。

三　肴

栾巴救火,许逊除蛟①。诗穷五际,易布三爻②。
清时安石,奇计居鄛③。湖循莺脰,泉访虎跑④。
近游束皙,诡术尸佼⑤。翱狂晞发,嵇懒转胞⑥。
西溪晏咏,北陇孔嘲。民皆字郑,羌愿姓包。
骑鹏沈晦,射鸭孟郊。戴颙鼓吹,贾岛推敲⑦。

〔注释〕

①蛟:中国古代传说中的水栖猛兽,似龙,能引发洪水、闪电等灾害。

②五际:卯、酉、午、戌、亥也。西汉初年有部分学者认为每当卯、酉、午、戌、亥是阴阳终始际会之年,政治上必发生重大变动。今文经学者将《诗经》中的篇章和阴阳五行相配合,用以推论政治得失。三爻(yáo):爻为八卦上的横线,长的全线"—"称为"阳爻",断开的两段线"--"称为"阴爻"。每三爻合成一卦,共八卦,而二卦相重可得六十四卦。

③清时:清平之时,太平盛世。居鄛(cháo):古地名,今安徽巢湖东北,秦末著名谋士范增的故乡。

④脰(dòu):脖子。

⑤尸佼(约前390—前330):战国时魏国曲沃(今山西曲沃)人。战国时期著名政治家。著有《尸子》,今已亡佚。

⑥转胞:指憋尿。

⑦戴颙(yóng):南朝宋人,以孝行著称。

〔译文〕

　　传说东汉人栾巴,精通道术,能役使鬼神。有一次汉桓帝在宫中设宴,栾巴将皇帝赐的酒含在嘴里又朝西南方向喷出。大臣们都要求治他不敬之罪,他说:"我刚才看见家乡成都着火,所以才用嘴喷酒为雨来解救。"几天后朝廷果然接到成都火灾的奏报。而且奏报说雨从东北方向来,带有酒气。晋代许逊从吴猛那里学得仙法,又遇到谌母传授道术。于是云游四方,斩妖除魔,消灭危害老百姓的巨蛇恶蛟。许逊一直活到一百三十六岁,带着家人升天而去,他家养的鸡犬也跟着一起升天了。

　　《汉书·翼奉传》说《诗》有五际。汉代一些学者将《诗经》与政治革命、革新及天干地支阴阳五行等附会在一起,从而论证周王朝的兴衰成败,作为后世政治革新的依据。三国时期东吴的大学者虞翻想给《易经》做注解,当时郡吏陈桃梦见虞翻与一道士布六爻,烧了其中的三爻让虞翻吞下,之后道士说:"《易》道在天,三爻就足够了!"现在八卦都是由三爻组成的。

　　东晋的宰相谢安,出身于江东大族,其人品道德才学都为当世所推重。但他无意仕途,只喜欢过隐居生活。即使后来他从政为官,也时时怀念隐居时与王羲之等人一起游山玩水、吟诗作赋的太平岁月。秦末范增为居鄛人,善谋略。七十多岁时成为项梁的谋士,劝说项梁拥立楚王后裔为楚怀王,竖起抗秦大旗。后来成为西楚霸王项羽谋士,被尊为"亚父",辅佐项羽推翻秦朝。

苏州太湖西南有莺脰湖,其湖形状像一只莺的脖子。传说越国谋臣范蠡辅佐越王勾践灭吴国后与西施泛太湖而去。唐朝元和年间,高僧性空来到杭州大慈山建寺庙,但这里无水,生活很不方便。正当他准备离去的时候,一天夜里,梦见一神人对他说:"明日有两只老虎会将南岳童子泉搬过来。"第二天,果然看见有两只老虎在大慈山上刨土,不久此地就涌出一股泉水,故将此泉水命名为"虎跑"。

晋代束皙,字广微,本名疏皙,后躲避战乱,改名束皙。他曾写过一篇《近游赋》,描写田园生活的淳朴恬静。战国时期政治家尸佼崇尚诡诈的权谋之术,法家代表人物商鞅曾跟随他学习。韩愈评价说:孟子、荀子都是靠道成名的;而邹衍、尸佼、孙武、张仪、苏秦等人,则是靠术成名的。

南宋末年文人谢翱倾尽家产支持文天祥抗元。文天祥抗元失败后被俘,他也出家做了道士,过着浪迹江湖的日子。平时与诗友唱和,有《晞发集》传世,自号晞发子,四十七岁就抑郁而终。嵇康个性懒散,不尊名教礼法。朋友山涛字巨源,推荐他出来当官。他立马写了一篇《与山巨源绝交书》加以拒绝。文章中说:"我已懒到宁可憋尿憋到实在受不了的时候才起身方便的程度,怎么能够做官呢。"

北宋宰相晏殊早年任西溪盐场盐官,在当地种植了一株牡丹，并写了诗刻在石头上。后来范仲淹也来此地做官，他同样写了一首诗歌来咏赞牡丹。之后各地的文人钦慕二人的文采人品，纷纷前来吟诗作赋，题诗越来越多，花也被安置了护栏保护起来，成为当地一景。南朝齐人周颙最初隐居在钟山，后应诏出任海盐县令，路过钟山。孔稚珪于是撰《北山移文》假托山神之意，嘲讽周颙违背前约，热衷功名利禄。

汉末曹魏官员郑浑面对当时天下战乱的局面，倡导百姓从事农田桑蚕之业。当时百姓生活困难，多有弃婴现象。郑浑每到一地任职，就加重对弃婴罪的处罚，最终使百姓安居乐业。百姓都很感念他，把他兴建的水利工程称为"郑陂"，当地人生下来的婴儿，很多取"郑"字为名。北宋时期羌族首领俞龙珂归降宋朝后，听说包拯是个忠臣，他便向宋神宗请求道："我听说包拯是朝廷有名的忠臣，愿皇帝赐我姓包，让我也跟着沾沾光。"宋神宗便答应了他的要求。

宋代沈晦在参加科举考试的途中梦见自己骑着大鹏鸟，乘风而上。醒来后有感而发，写了一篇《大鹏赋》，后来果然高中金榜。中唐诗人孟郊，在唐宪宗元和初年任溧阳县尉时经常出游。特别喜欢在水边徘徊游览，用竹竿做弓箭，以射野鸭为乐，倒把公务荒废了不少。他在水边搭建的茅屋也被后人取名为"射鸭堂"。

南朝宋人戴颙，在春季的一天带着酒及柑橘外出。别人问他去哪里，戴颙说："我要去听听黄鹂的叫声。你知道吗，黄鹂的鸣叫可以医治俗世之耳，是诗情的鼓吹。"唐代诗人贾岛早年曾出家为僧，他写起诗来常常字斟句酌，一个字要斟酌很久，斟酌字句的时候往往顾不上外界环境。有一次,他骑着驴去拜访朋友时写了一首诗,对其中"僧敲月下门"的"敲"字始终拿不定主意,不知道是用"推"好,还是用"敲"好。他就这样边走边念,边做推和敲的动作,不知不觉撞进了迎面而来的京兆尹韩愈的仪仗队里。韩愈问明情况后,也跟着贾岛一起想,最后建议他用"敲"字。自此,韩愈与贾岛经常一起谈论诗赋,终于结为好友。

四 豪

禹承虞舜,说相殷高。韩侯敝袴,张禄绨袍①。

相如题柱,韩愈焚膏②。捐生纪信,争死孔褒③。

孔璋文伯,梦得诗豪。马援矍铄,巢父清高④。

伯伦鸡肋,超宗凤毛。服虔赁作,车胤重劳。

张仪折竹,任末燃蒿。贺循冰玉,公瑾醇醪⑤。

庞公休畅,刘子高操。季札挂剑,吕虔赠刀。

来护卓荦,梁竦矜高⑥。壮心处仲,操行陈陶。

子荆爽迈,孝伯清操。李订六逸,石与三豪。

郑弘还箭,元性成刀。刘殷七业,何点三高。

〔注释〕

①袴(kù):通"裤",裤子。绨(tí):厚绸子。

②膏:此处指油灯。

③捐生:舍弃生命。

④矍铄:形容老年人身体好、精神旺盛的样子。

⑤醇醪(láo):醇厚的美酒。

⑥卓荦(luò):不凡,出众。矜(jīn)高:傲慢,自大。

[译文]

夏禹奉舜帝之命治理洪水,他采取疏导的办法,三过家门而不入,腿上的毛都掉光了,终于平息了洪水。舜认为大禹治水有功,便把帝位禅让给他。殷商高宗武丁梦见天帝赐给自己一位贤臣,梦醒后终于找到正做苦役的傅说。武丁与他交谈一番,发现他很有才能,便任命他为宰相。武丁在傅说的辅佐下,国家又强盛起来。

战国时期,韩昭侯有一条破旧的裤子,他命手下侍从将它收藏起来。侍从说:"赐给身边的人不行吗?"韩昭侯说:"我听说明君处事非常谨慎,为什么皱眉头,为什么笑都有他的原因和目的。这条裤子难道不比皱眉头和笑更珍贵吗? 一定要赏给有功的人。"秦国国相范雎曾经是魏国使臣须贾的副使,跟着他一起出使齐国。须贾怀疑范雎勾结齐国,便把这事告诉了魏国的国相。魏相大怒,下令打死范雎,结果范雎装死逃往秦国,更名张禄,并做了秦国的国相。有一次须贾出使秦国,范雎故意穿着乞丐的衣服来见须贾。须贾见到范雎饥寒交迫的样子,动了恻隐之心,便赐给他一件绨袍。后来得知他就是秦相张禄,连忙谢罪。范雎看在他送绨袍的分上,饶恕了他。

西汉文学家司马相如将要离开故乡成都,路过成都城北升仙桥时,在桥的柱子上题字说:"不乘高车驷马,不复过此桥。"后来他果然做了中郎将,持节巡查蜀地。太守以下都到郊外迎接他，县令们都给他开道。唐代文学家韩愈七岁开始读书，每天诵读千言，长大了也不倦怠，仍然每天用功读书。成为国子博士后，还是白天看书，晚上点灯继续看书，经史百家典籍，无所不读。

刘邦与项羽在荥阳交战，刘邦大败，士卒损失殆尽，形势十分危急。这时，刘邦部将纪信献计由自己假扮刘邦投降项羽，以麻痹楚军，使刘邦趁机逃脱。项羽果然上当，楚军也以为刘邦投降了便疏于守卫，让刘邦逃走了。项羽发现纪信假扮刘邦后，十分生气，下令将纪信烧死。东汉孔褒是孔子的第二十代孙。名士张俭得罪了宦官侯览，于是逃到孔褒家，恰好孔褒不在家。他的弟弟孔融当时才十六岁，就把他藏了起来。后来孔家收藏张俭的事暴露了，张俭跑了，朝廷要抓孔褒、孔融。孔融说是自己收藏的张俭，应该抓自己；孔褒说张俭本来就是来找自己的，当然应该抓自己。孔氏子弟争相赴死，后来皇帝下令只处死了孔褒。

陈琳字孔璋，东汉末年文学家，"建安七子"之一。张纮写信赞美他的文采，陈琳却谦虚地回复说："我身处河北，与天下阻隔，这里缺少文士，所以我才能在此地称为文坛宗师。但是拿到天下来比，中原有王朗，您和张昭在江东，和您几位比起来，我就差远了。"唐代诗人刘禹锡字梦得。晚年以诗文自娱，白居易称他为"诗豪"。认为他才华出众，诗文俱佳，也少有人敢与他较量。

东汉开国名将马援六十二岁时，南方五溪蛮发动叛乱。马援上书光武帝请求率军平叛。光武帝认为他年纪大了，没有批准他的请求。马援立刻身披重甲，骑马驰骋，表示自己还能出征。光武帝看后笑着说："好一个矍铄的老头儿！"便派他出征。后来马援作战不利，加上水土不服，最终病死军中。传说上古尧帝时，有一位高士在树上筑巢，住在树上，因此自号为"巢父"。尧帝听说他是一位贤能的人，便想将君位让给他。巢父说："你治理天下，就和我放牧一样，我何必再出来治理天下？"于是跑到清水边，用水洗自己的耳朵，说刚才听到了俗不可耐的话。

刘伶字伯伦，西晋名士、竹林七贤之一。他形容枯槁，嗜酒不羁。有一次与人发生龃龉，别人抬起手臂要揍他。刘伶和颜悦色地说："区区鸡排骨一样的身子，可禁不住阁下的拳头啊！"对方听了怒气也就消了，没有打他。南朝宋文豪谢灵运的孙子谢超宗写得一手好文章。宋孝武帝读了他的文章后对人说："谢超宗是凤凰一样的人物，谢灵运复生啊！"

东汉服虔字子慎，对《春秋》颇有研究，准备为《春秋》作注，想参考些不同的观点。他听说崔烈在传授《春秋》，便隐姓埋名，给崔烈的学生做饭。每到崔烈开讲时，服虔就站在墙外偷听。听到崔烈所讲的不如自己的地方，就同崔烈的学生稍为议论了一下崔烈的得失。崔烈听说后，就猜他是服虔，因为只有他精于《春秋》。有一天早晨，崔烈趁服虔还在睡梦中，就在他的床头大喊："子慎！子慎！"服虔在睡梦中听到有人喊他的名字，下意识就答应了。崔烈证实了他的猜测，二人从此成为好友。东晋孝武帝将要给大臣们讲《孝经》，谢安一族兄弟门生们就先私下学习讨论一下《孝经》以应付皇帝提问。车胤也在其中，他听后有疑问，但又不敢老是问谢家兄弟，于是对袁羊说："不问就怕精彩的地方依然不懂,遗漏了;多问又怕劳烦谢氏兄弟。"
袁羊说:"不要紧,你什么时候见过明亮的镜子厌倦人们常照,
清澈的流水害怕和风吹拂?"

　　战国时期纵横家张仪与苏秦都跟着鬼谷子学习游说之术。
两个人还没成名之前,靠替人抄书度日。张仪遇到写得很好的
圣人的文字又没地方记下来,便抄在手掌上或者抄在大腿上。
晚上回家,便折断一些竹子,把这些文字誊写在竹片上。时间一
长,竟然集成了一本书。东汉任末年少时就勤奋学习。有时靠
在树下,搭建茅草屋作为书屋,用荆条作为笔。晚上就在星月的
辉映下读书,遇上没有月亮的黑夜,他便点燃蒿草来照亮,继续
读书。看书有心得的时候,就写在手上或者衣服上。

　　东晋贺循为官清廉,学问渊博。东晋王朝南渡,宗庙制度都
是贺循制定的。晋元帝说他"作为大臣,冰清玉洁,住的房子勉
强能遮风挡雨而已"。东汉末年名将周瑜,字公瑾。三十余岁
便和程普共掌孙氏兵权。程普年长,认为周瑜年轻经验浅,很看
不起他,还经常欺凌他。周瑜不仅不与程普计较,还处处忍让尊
重程普。后来程普被周瑜的人品折服,便对人感叹说:"与周公
瑾打交道,就像喝浓烈的美酒一样,不知不觉就醉了。"

　　东汉末年名士庞德公与司马德操隔着汉水而居,两家的屋
子都可以互相看到,经常一起游乐欢会。或者一起泛舟汉水,或
者一道访古探幽,生活过得十分随性欢畅。有一次司马德操来
庞德公家,恰好庞德公外出未归。司马德操直接招呼庞德公的
妻子儿女赶快准备酒食,收拾房间,说:"徐元直说要来拜访我
和庞德公。"庞德公的妻子儿女们听后,赶紧忙前忙后地张罗

着。一会儿，庞德公回来了，直接进去不打招呼，旁人不认识他们的，竟然分不清谁是主人谁是客人。刘讦，字彦度，南朝梁人。与族兄刘歊、阮孝绪坚持自己的操守，隐居避世，号称"三隐"。刘讦的族祖刘孝标曾评价他们说："刘讦超凡绝俗，就像半空中的彩霞；刘歊器宇轩昂，就像云中翱翔的白鹤。"刘讦经常戴着鹿皮冠，披着衲衣，游历于山泽中，别人见到他，还以为看到了神仙。

　　春秋时吴国公子季札一次在出使鲁国的途中经过徐国。徐国国君非常喜欢季札的佩剑，又不好意思开口要。季札虽然心里明白，但是因为要出使鲁国，佩剑是重要的仪仗物品，不能没有，所以就假装不知，打算从鲁国回来时再把佩剑赠给徐君。哪知道等他回来时，徐君已经去世了。季札把佩剑挂在他的墓旁的树上就离去了。并说："我之前早就在心里答应把佩剑送给他了，怎能因为他去世就背叛自己的心呢？"三国曹魏大将吕虔有一把好刀，大家都认为这把刀只有三公这样的人才有资格佩戴。吕虔便把刀赠给王祥说："要是人没有三公的才能品德而拥有这把刀，只会带来灾祸。你有三公的器量，我就把刀赠给你。"后来王祥真的位列三公。

　　隋代名将来护儿幼年时就表现不一般，读到《诗经》中的"击鼓其镗，踊跃用兵"时就把书放下感叹道："大丈夫就是应该这样为国灭贼，怎能天天和笔墨打交道呢！"后来果然成为一代名将。东汉学者梁竦恃才傲物，又郁郁不得志。有一次登高远望，感叹道："大丈夫处世，生当封侯，死当庙食。就算做不到，也不要当个区区州县的小吏，浪费光阴。我闲居起来可以培养志气,读读《诗》《书》也可以自娱自乐。"

东晋权臣王敦字处仲。他做了荆州刺史后,控制了东晋王朝长江中上游地区军队,并且自收贡赋,对东晋朝廷也渐渐显露出不臣的野心。每次酒醉后,他都要拿着铁如意边敲击唾壶边高声唱曹操的《龟虽寿》里的诗句。唐代诗人陈陶,因避战乱而到洪州。当时的郡守听说陈陶道德品质高尚,就想试试真假,特地派了一名叫莲花的小妾去伺候他。然而,任凭莲花怎样挑逗,陈陶都闭门不纳。莲花没有办法,只好吟了一首绝句:"莲花为号玉为腮,珍重尚书送妾来。处士不生巫峡梦,虚劳云雨下阳台。"陈陶听后也回了一首诗:"近来诗思清于水,老去风情薄似云。已向升天得门户,锦衾深愧卓文君。"郡守得知后越发敬重陈陶的为人。后来传说陈陶白日飞升,成了神仙。

西晋官员孙楚字子荆,才气卓绝,又恃才傲物不合群。孙楚年少时想隐居,对王济说:"我要枕石漱流。"但是却把这句话错说成"漱石枕流"。王济感到莫名其妙,说:"流水不能枕,石头不能漱口。"孙楚知道错了但仍然将错就错说:"用流水为枕,是要洗耳;用石头漱口,是要磨牙。"孙楚后来做石苞的参军,他仗着自己的才气,看不起石苞,见到石苞从不下拜,只作一个揖说:"皇帝让我当你的参军。"东晋大臣王恭字孝伯,名声节操在当世都受到广泛赞誉。他也自负其才认为自己能当宰相。他曾说:"名士不一定需要特殊的才能,只要能有大把空闲的时间,痛饮酒,熟读《离骚》,就可以称为名士了。"

唐代大诗人李白移家东鲁,与山东名士孔巢父、韩准、裴政、张叔明、陶沔在徂徕山下的竹溪隐居,他们在此纵酒酣歌,寄情山水之间,世人称他们为"竹溪六逸"。北宋石延年字曼卿,工诗。石介曾作《三豪诗》,说石延年豪于诗,欧阳修豪于文,杜默豪于歌。

东汉郑弘未发达时,曾在白鹤山砍柴为生。一次他在山上砍柴的时候捡到一支箭,不久有人来寻,郑弘把箭还给他。那人问郑弘有什么需求,郑弘回答说:"若耶溪运柴太难了,要是早上刮南风,晚上刮北风,我就可以顺风顺水了。"那人答应了。果然这一带之后都刮这样的风,于是大家称这风为"郑公风"。郑弘后来入仕为官,最后做到太尉。三国蒲元一作蒲元性,为人多奇思妙想。在斜谷(今陕西眉县西南)为诸葛亮的部队铸造三千把军刀。刀打好之后,他说汉中地区的水质偏软,不适合用来淬火。蜀江的水很爽烈,是金属的精气所聚,可以派人到成都去取江水。取水的人回来之后,蒲元性拿水淬刀,立即说水里面掺杂了涪江水,不适合淬刀用。取水的人不信他能试出来,便坚持说没有掺其他的水。蒲元性便拿刀在水里比画了一下,说这里面掺了八升涪江水。取水的人听了之后,叩头说:"走到涪江边时,水洒掉一些,所以就地加了八升涪江水进去。"后来改用蜀江水淬火后,刀锋利无比,人称神刀。

十六国时前赵大臣刘殷,字长盛,性洒脱至孝。曾梦见神人对他说:"西篱下有粟米。"醒来后去挖,果然得到十五钟粟米。上面有铭文写道:"七年有一百石粟米,赐给孝子刘殷。"刘殷有七个儿子,其中五子教授《五经》,一子教授《史记》,一子教授《汉书》,一家之中,七门经典都做得很好。南朝梁名士何点,字子皙。何点少有异才,博通群书,善于言论。为人眉清目秀,但是头发从来不簪起来，又不戴帽子，但是当时人却认为这是他通达的表现，称呼他为"游侠处士"。他与兄何求、弟何胤皆为当世著名隐士，并称"何氏三高"。

五　歌

二使入蜀，五老游河。孙登坐啸，谭峭行歌。
汉王封齿，齐主烹阿。丁兰刻木，王质烂柯。
霍光忠厚，黄霸宽和。桓谭非谶，王商止讹①。
隐翁龚胜，刺客荆轲。老人结草，饿夫倒戈。
弈宽李讷，碑赚孙何②。子猷啸咏，斯立吟哦。
奕世貂珥，闾里鸣珂③。昌辍丝竹，哀废蓼莪④。
箕陈五福，华祝三多。

〔注释〕

　①谶(chèn)：古代迷信的人指将来要应验的预言、预兆。

　②赚(zuàn)：欺骗。

　③奕世：指累世，一代接一代。貂珥(ěr)：汉代侍中、中常侍等皇帝近臣于冠上插貂尾为饰。后借指贵官显宦。闾里：乡下，也指平民居住的地方。鸣珂：指显贵者所乘的马以玉为饰，也指居高位。

　④蓼(lù)莪(é)：《诗·小雅》中的篇名。此诗表达了子女追慕双亲抚养之德的情思，后因以"蓼莪"指对亡亲的悼念。

〔译文〕

　东汉李郃通晓天文。有一次汉和帝派两位使者到蜀地考察风俗,快到益州的时候,在驿馆暂时休息。李郃恰好是驿馆的小吏,就问使者:"您来时可否知道二位使者什么时候出发的?"两位使者非常吃惊,便问李郃怎么知道有使者出巡一事? 李郃说:"有两颗使星来到益州上空,我根据天象就推测出来了。"《论语谶》这部书里记载孔子关于《河图》的论述。他说:"我听说尧曾带着舜等人游览首山,察看黄河诸岸。发现有五位老人也在河边游历。一老人说《河图》将来告帝期,一老人说《河图》将来告帝谋,一老人说《河图》将来告帝书,一老人说《河图》将来告帝图,最后一个老人说《河图》将来告帝箓。"说完,果然见一条赤龙衔着玉苞,展开了竟是一幅图。以水银和金泥作饰、用玉制成的书匣子装起来。五老都说:"能够领会其中深意的是一个具有重瞳的人。"说完就化为流星,升天了。大家再一看,龙也走了,但是图还在。尧等人于是打开图,上面写着:应该禅位于舜。恰好舜眼有重瞳,一切都应验了。于是尧就把帝位禅让给舜。

西晋人孙登,字公和,隐居在汲郡北山土窟。夏天自己编草做衣,冬天便披下长发覆身。好读《易经》,常弹弦琴自娱。性情温顺宽厚,从来不发脾气。有人故意捉弄他,把他投入水中,看他发怒的样子,可是孙登从水中爬起来,仍然哈哈大笑,毫不介意。他曾对嵇康说:"你才多见识寡浅,将来恐有不测,望你慎重。"后来隐居于苏门山,阮籍前往拜访,与他谈话,他却始终默不作声。阮籍失望而归,下山时听到孙登的长啸声,仿佛鸾凤的鸣叫,响彻山谷。唐末五代道士谭峭自幼聪明好学,经史子集,莫不博览。但是他却无心俗务,一心求仙。他曾作歌唱道:"线作长江扇作天,靸(sǎ)鞋抛向海东边。蓬莱信道无多路,只在谭生拄杖前。"后来隐居在南岳，炼成了金丹。谭峭服后，水火不侵，后来从青城山成仙而去。

汉高祖刘邦战胜项羽建立汉朝之后，大封功臣二十多人，其余的人也日夜争功，企图获得封赏。刘邦看到他们常常坐在沙地上彼此议论，就问张良怎么回事。张良说他们在商量谋反，刘邦大惊，便问原因。张良说："您起于平民，靠这些人做了皇帝，但所封赏的都是萧何、曹参等同乡老友，杀的也都是平生仇恨的人。如今这些人怕您不能给他们封赏，一些人又被怀疑因曾经的过失而遭惩罚，所以就聚在一起谋反了。"至于解决的办法，张良说："您平生最恨谁？"刘邦说："雍齿跟我是老乡，一起打天下，但老是叛逃，我本想杀掉他，因他有功，才犹豫至今。"张良说："现在赶紧先封赏雍齿，大家见雍齿都被封赏，那么每人对自己能受封就坚信不疑了。"齐威王刚即位不理政事，日夜饮酒作乐。但其实偷偷让左右近侍明察暗访，掌握情况。有一次，他发现左右近侍都说阿城大夫的好话，而极力贬低即墨大夫，从个人能力到道德品质都被说得十分不堪。齐威王又换一批人暗访，其结果与上一批人说的截然相反。事实是即墨大夫政绩斐然，他的辖区老百姓安居乐业；而阿大夫管理的阿地却是民不聊生。原来，即墨大夫为人耿直，不善交结左右近臣；阿大夫则在官场左右逢源，善于钻营，早就买通了威王左右大臣。齐威王了解到实情以后，就把各地的官吏召集起来，重赏即墨大夫；烹杀阿大夫以及那些因受了贿赂而隐瞒实情的左右近侍。于是群臣震惊，再也不敢欺瞒威王，齐国也得到大治，成为天下强国。

传说汉代丁兰母亲在世的时候十分不孝，母亲被他气死。

之后他幡然悔悟，但母亲已然不在。于是他刻了一个母亲的雕像，日夜侍奉，就像母亲还活着一样。有一次丁兰外出未归，邻居张叔喝得醉醺醺的来他家里借东西。丁兰的妻子拿不定主意借不借，就占卜决定。结果占卜的结果竟然是木雕不同意借。张叔便借酒大骂木雕，还打了木雕。丁兰回家后发现木雕脸色不高兴，问明情况后，立刻跑至邻居家殴打张叔。后来官府派人捉拿丁兰，木雕竟然流泪了。于是郡吏释放了丁兰，并上奏朝廷表彰他的孝行。晋代樵夫王质有一次上山砍柴，看到一个石头房子里有两位童子在下棋。他便走过去观看，童子给了他一个像枣核一样的东西吃，他吃后立刻不觉得饿了。就这样一直看他们下棋，等他们下完棋，王质才打算离开。这时他发现斧头的木柄已经烂了，斧头也锈迹斑斑。回到家里才知道已经过去几百年了，家族里的人都不认识他了。他只好再次返回山里。后来终于得道成仙，这座山也被称为烂柯山。

　　汉代大臣霍光为人忠厚谨慎，出入禁宫二十余年，从没有什么过错。汉武帝想立太子刘弗陵为帝，又担心他年纪太小不能处理政务，暗中考察发现唯有霍光可以做辅政大臣，于是派人画了一幅周公背负着周成王接受诸侯朝拜的图赐给霍光，命他为辅政大臣。后来霍光先后辅佐汉昭帝、昌邑王、汉宣帝。西汉大臣黄霸，字次公，为人温和善良，足智多谋，才能出众。汉武帝后期法令极其严酷，朝廷多任酷吏。昭帝继位，霍光辅政，仍然秉承武帝晚期的政策。于是大部分官吏为迎合朝廷，在执法上尽量采用严刑峻法。黄霸断案却崇尚宽仁，反对酷刑。所以，黄霸为官，得到了百姓的拥护，朝廷也很满意，后来当了丞相。

东汉著名学者、大臣桓谭，为学主张朴素的唯物主义，反对当时社会上流行的谶纬神学。东汉光武帝是靠着谶纬收拢人心取得帝位的，因此处处以谶纬之说来宣扬自己统治的合法性。桓谭屡次上书陈述谶纬迷信的不合理，光武帝十分恼怒，要治桓谭非圣污蔑经典的罪，几乎要杀掉他。西汉大臣王商为人镇定、敦厚。有一年秋天，京城盛传有洪水将至，城中大乱。权臣王凤劝汉成帝、太后以及后宫赶紧准备船只，这样洪水来时可以登船避难，并让百姓都登上长安城墙来躲避水灾，大臣们纷纷附和。唯独王商坚决反对，他说："一定是谣传，不宜惊扰百姓。"汉成帝听了王商的话便没有采纳王凤的意见。不久，洪水也没见来，调查一下，果然是谣言。于是汉成帝对王商大加赞扬。

西汉大臣龚胜字君宾，汉哀帝时为谏议大夫。王莽秉政时，他便告老还乡，自号"隐翁"。王莽代汉后，屡次强征他为太子师友，他都拒不受命，并对门人高晖等说："我本来就受汉朝厚恩无以为报，何况现在风烛残年，还会做这种一身事二姓的事吗？"说完就绝食十四日而死。战国时著名刺客荆轲字次非，卫国人，是燕国太子丹的门客。秦国灭赵后，太子丹担心秦国发兵灭燕，决定派荆轲入秦行刺秦王。于是答应献上秦国叛将樊於期的人头和燕国督亢之地，趁机劫持秦王，逼他归还诸侯领地，秦王不答应就杀掉他。临行前，燕太子丹及高渐离等人在易水边为荆轲送行，场面十分悲壮。荆轲入秦后行刺秦王失败被杀。

春秋时晋国大夫魏武子有个宠妾，无子。有一次魏武子生病了，他嘱咐儿子魏颗说，将来让她改嫁。等到后来魏武子病危时又说，让她殉葬。但是魏武子死后，魏颗却让这个妾改嫁了。

后来魏颗与秦将杜回交战，看到一位老人结草绊住了杜回，因而使他获胜抓住了杜回。这天夜里魏颗梦见那位老人对他说："我是你让她改嫁的那宠妾的父亲，为感谢你的恩德，所以来报答你。"春秋晋灵公时的执政大臣赵盾有一次到首阳山打猎，在翳（yì）桑歇息。看见灵辄倒在了地上，便去问他怎么样。灵辄说："我已经三天没吃东西了。"赵盾于是赶紧让人拿吃的给灵辄。但他只吃了一半，还留下一半不吃。赵盾问他原因，灵辄说："我在外已经三年了，出来时家中有老母，不知道母亲现在是否还活着。现在离家很近，这一半是留给母亲的。"赵盾觉得这是个孝子，便让他吃光，又另给他预备一份肉食。后来晋灵公设下埋伏谋杀赵盾，正在危急关头，晋灵公的一个禁卫兵突然掉转戈矛，拼死阻挡其他卫士谋杀赵盾，赵盾得以逃脱。过后赵盾问他："你是谁，为何要冒死救我？"灵辄回答说："我就是在翳桑的那个饿倒的人。"赵盾问他姓名和住处，他不回答就逃走了。

唐代官员李讷性子很急躁，但是又酷爱下棋。每当下棋的时候性子就变得极为宽和。因此只要看他急躁发脾气，家人就偷偷把棋盘摆好，他就开心地下棋，一下子把烦恼抛在九霄云外了。宋代孙何，字汉公，特别喜欢古代的碑帖书法。他做转运使的时候，对待下属十分严苛，下达的任务催促州县很紧，弄得州县的官员很焦虑。后来他们知道孙何的嗜好后，每次孙何要来督查，他们就拿出几本古代的碑帖送到他下榻的驿馆中。孙何一到就沉浸在古碑文字的辨识研究中不能自拔，一切公务都抛在脑后了。

东晋名士王徽之，字子猷。他十分喜爱竹子，认为竹子高雅有节，远胜一般俗物。有一次他临时住在一间屋子里，便让人在院子里种上竹子。旁人说："你又不是长住，何必麻烦呢？"他却说："怎能一日没有竹子呢？"有一天他路过吴中，一位士大夫家里种有竹林，主人听说王徽之也爱竹，赶忙洒扫庭院，坐在客厅，等他来赏竹。那知王徽之直接跑到人家园中的竹林里赏玩了半天，就准备返回，把主人给忘了。主人大怒，命人把门关了。这才提醒了王徽之，于是他赶忙去拜会主人。唐代诗人崔立之字斯立。他做蓝田县丞的时候，院子里有四排老槐树，南墙边又种了许多高大的竹子，溪水汩汩绕竹林而过。崔斯立让人打扫好庭院，又经常让人灌溉庭院中的诸多大树，自己则经常对着这些树木吟诗作赋。有人来问候，他则回答："我现在有公务在身，你暂且先回去。"

西汉金日磾本来是匈奴休屠王之子，汉武帝时归顺汉朝。武帝觉得他仪表堂堂，便任命他为侍中，并赐他姓金。因为他为人笃实忠诚，深得武帝信任。武帝临终前，封金日磾车骑将军、秺（dù）侯，与大司马大将军霍光共同辅政。他的两个儿子，金赏和金建，在汉昭帝时都成为侍中，也都封侯爵。金氏家族与张安世家族一样，七代人都是皇帝内侍近臣，官帽上都佩戴着貂尾。唐代张嘉贞，武则天时历任梁、秦州都督，监察御史。到唐玄宗开元年间成为宰相，他的弟弟张嘉祐担任金吾将军。兄弟二人都官居高位，每次上朝，他们车子的轩盖都塞满所居街坊的巷道，吹奏的音乐以及车辆撞击的声音、马匹嘶鸣的声音，还有马身上佩戴的环佩碰撞的声音交织在一起，响彻云霄，于是当地居民把这里称为"鸣珂里"。

东晋羊昙是宰相谢安的外甥，谢安特别赏识他。谢安去世后，他十分悲痛，几年不听音乐，出行也不经过谢安之前走过的西州门。有一次，由于有事路经都城，喝醉了，扶着墙跟跟跄跄地走，不知不觉竟然走到了西州门。他的侍卫告诉他到了西州门，他立刻触景生情，痛哭流涕，并用马鞭不停地叩门，诵着曹植的诗："生存华屋处，零落归山丘。"大哭而去。三国北魏大臣王仪因直言而被司马昭杀害。他的儿子王裒经常因父亲死于非命而悲伤不已。他从来不坐在东边，因为晋都洛阳在东，表示自己不是晋朝的臣子。他隐居山林，靠设馆授徒为生。每当读到《诗经·小雅·蓼莪》中"哀哀父母，生我劬劳"这句诗时，就哭泣不止。时间久了，学生们都不再读《蓼莪》这首诗，免得惹他伤心。

周武王灭商后，亲自向箕子请教治天下的大道。箕子把自己的意见写成《洪范》，书中提出了为君主的九项原则。其中记述了五种幸福："一是长寿，二是富裕，三是康宁，四是仁厚，五是善终。"尧帝在华地巡察，华地掌管边境的官员祝尧帝多福，多寿，多子。尧帝谦虚地说："儿子多则担忧多，多福则多事，多寿则多辱。"掌管边境的官员说："天生万民，自然会给他们提供各种职业，有更多的儿子让他们担当不同的职业，您有什么好担忧的？福气多了，再分给别人，又会有什么事情劳烦您？至于活得更久，自然能领略天道。天下有道，所有的事物都会昌盛；天下无道，那么君王修德施仁，大家都会感激您，哪里会遭受屈辱呢？"

六　麻

万石秦氏,三戟崔家①。退之驱鳄,叔敖埋蛇。

虞诩易服,道济量沙。佽辞馈肉,琼却饷瓜。

祭遵俎豆,柴绍琵琶②。法常评酒,鸿渐论茶。

陶怡松菊,田乐烟霞③。孟邺九穗,郑珏一麻。

颜回练马,乐广杯蛇。罗珦持节,王播笼纱。

能言李泌,敢谏香车。韩愈辟佛,傅奕除邪④。

春藏足垢,邕嗜疮痂。薛笺成彩,江笔生花⑤。

班昭汉史,蔡琰胡笳⑥。凤凰律吕,鹦鹉琵琶⑦。

渡传桃叶,村名杏花。

〔注释〕

①万石(dàn):汉代最高级官秩,汉代三公号称万石。万石以下各级为:中二千石、真二千石、二千石、比二千石、千石、比千石、六百石、四百石、比四百石、三百石、比三百石、二百石、百石、斗食、佐史。佐史月俸八斛。

②祭(zhài):周代诸侯国名,在今河南郑州东北。俎(zǔ)豆:古代祭祀、宴飨时盛食物用的两种礼器,亦泛指各种礼器。后引申为祭祀和尊崇之意。

③烟霞:烟雾和云霞,也指山水胜景,引申义为红尘俗世。

④辟(pì)佛:排斥佛教。

⑤生花:形容善于言辞,后指杰出的写作才能。

⑥胡笳(jiā):我国古代北方民族的一种乐器,形似笛子。

⑦律吕:古代乐律的统称,可分为阳律和阴律。共十二律,单数六律又称为六阳律;双数六律即六吕,又称六阴律或六同。

〔译文〕

东汉秦彭,曾任山阳太守。汉代以来,秦氏世代为官。秦彭六世祖秦袭,任颍川太守,同族兄弟同时担任二千石的共有五个人,所以京畿三辅地区称他们为"万石秦氏"。唐代崔琳,唐玄宗开元年间为中书令,他的弟弟崔珪为太子詹事,崔瑶为光禄大夫,都是高官。他们的府邸门口都摆有棨戟,当时号称"三戟崔家"。

唐代文学家韩愈,字退之。因上书排斥佛教触怒了唐宪宗,被贬为潮州刺史。那时潮州当地溪水中常有鳄鱼伤害人畜的事件发生,韩愈于是写了《祭鳄鱼文》,并下令捕杀鳄鱼。据说当晚鳄鱼就纷纷逃走,当地百姓方才得以安宁。春秋时楚国人孙叔敖小时候看见一条两头蛇,便将它打死了,又怕别人看到便把蛇埋掉了。回家后他向母亲哭诉说:"听说看见两头蛇的人都会死的,我今天看见了,恐怕马上要死去了,以后恐怕再也不能侍奉母亲了。"母亲说:"有阴德者一定会有好报的。你怕别人看到双头蛇,就埋掉它,这已积下了阴德,是不会死的。"孙叔敖果然活得健健康康的,后来还做了楚庄王的令尹。

东汉名将虞诩任武都太守时,曾被一万多羌兵围困在城内,而城内守兵不足三千人。虞诩镇定地命令士兵列队从东门出西门进,进出一次就更换一次衣服,这样转了几周,羌兵以为城内汉军人数众多,于是赶紧撤军了。虞诩乘机设下埋伏,中途又不停地增加灶台,迷惑羌人分不清汉军真实兵力,趁机进行拦击,大破羌兵。南朝宋名将檀道济,宋文帝时进位三公。元嘉八年(431)宋文帝派他领兵伐魏,与魏军三十余战,最后进至历城,军中粮食用尽,被迫退兵。魏军趁机追击。檀道济担心一味撤退会令士气不振,最终将使全军陷入溃散的境地。于是命令士兵在夜间一边量取沙土一边高唱数量,并把军中剩下的米覆盖在沙土之上。天亮后,魏军看到宋军粮草充足,认为宋军降卒说的情报是假的,便杀了降卒,停止追击宋军,檀道济也因此得以安然撤退。此役过后,檀道济威名大震,魏人甚至贴他的画像驱邪避鬼。

春秋时鲁国孔伋,字子思,是孔子的孙子。他生活在鲁国,鲁穆公见他是圣人的孙子,因此多次赠送他鲜熟肉。子思却认为鲁穆公这样做不合礼法,于是总让使者到大门外等候,他出门朝北下拜,然后拒绝赠送的熟肉。北齐官员苏琼任南清河太守六年,从不收受别人的馈赠。郡人赵颖八十多了,退休回乡,他自恃年老,亲自送给苏琼两个刚刚摘下的瓜。苏琼勉强留下了,但没有把瓜切开吃掉,而是悬挂在梁上。老百姓听说苏琼接受了赵颖的瓜,都争先恐后地送来时鲜果子,进来一看悬在梁上的瓜,都面面相觑,知趣地把礼物拿走了。

东汉祭遵曾追随光武帝刘秀征伐河北,官拜征虏将军。刘秀赏赐给他的财物他全部分给了部下,家无余财。穿的裤子是熟皮做的,盖的被子是粗麻布做的,生活十分节俭。他的部队纪律严明,所到之处,老百姓都不知道有部队存在。他为人儒雅,虽在军旅之中,却不忘儒家礼仪,任用的官吏也都是儒生。刘秀屡次称赞他,后来封他为颍阳侯,他的画像被供奉在云台阁。唐代柴绍,娶唐高祖李渊之女平阳公主为妻。他们夫妻二人带兵协助唐太宗李世民平定天下。一次,吐谷浑人和党项人入侵,柴绍奉命带兵抵御。敌军占据高地向唐军放箭。柴绍却安坐军中,叫人弹琵琶奏乐,让两位女子跳舞。敌军十分奇怪,便停止射箭前来观看。柴绍等到敌人完全松懈下来,乘机从敌军背后袭击,大获全胜。

南宋画僧法常性嗜酒,无论寒暑,经常喝得酩酊大醉。醉了倒头就睡,醒了就吟诵"优游曲世界,烂漫枕神仙"。他对人说:"在醉酒的天地里缥缈悠闲,没有君臣贵贱的拘束,人们也不会为财利而图谋不轨,也不用逃避刑律的处罚,十分快乐和自由。忽而又感觉飘往蝴蝶群中,自由翱翔,实在不想醒来面对现实世界。"唐代竟陵有个和尚在水边捡到一个婴儿,因《易经》中有"鸿渐于陆,其羽可用为仪,吉"的句子,因此给他取名陆羽,字鸿渐。陆羽长大后隐居于苕溪,以擅长培植、制茶,论说茶的功效、煎茶之法而闻名。著有《茶经》,是我国论茶的最早著作,民间尊他为茶圣。

东晋大诗人陶渊明无意仕途,辞官归隐田园,作《归去来兮辞》,其中有"三径就荒,松菊犹存"的句子,点明了他酷爱松菊的嗜好,体现了他高洁的品格。陶渊明与松菊也成为后世隐士、高雅情趣的代名词。唐代田游岩,先后隐居于太白山、箕山中,多次拒绝朝廷征召。后来唐高宗祭祀嵩山,顺便亲自来到他家。田游岩一身村野平民装束出来拜迎皇帝。唐高宗问他:"先生近来好吗?"田游岩回答说:"好。只不过得了一种喜欢泉石烟霞的痼疾。"高宗带他到京师,拜为崇文馆学士,并亲自在他的宅邸上题"处士田游岩宅"。

北齐孟邺为东郡太守时,为政宽厚慈惠。郡内的麦子一般都是一茎五穗,或者三四穗,县里有人送给他一茎九穗的,老百姓认为这都是孟邺推行德政的结果。五代后唐时郑珏与李愚同为学士。一天,郑珏的住处忽然长出一棵麻。李愚就向他祝贺道:"这是个好兆头,你等着圣旨拜你为宰相吧!"等到霜降的时候,那棵麻结出果实,竟然是白麻。不久郑珏果然官拜宰相。原来唐朝的时候任命宰相的诏书都是白麻纸书写,郑珏家生白麻,所以李愚才认为这是个好兆头。

有一次孔子与他的得意门生颜回一起登上泰山,望向吴地。孔子对颜回说:"看见吴国的阊门了吗?"颜回说看到了。孔子又问门外有什么? 颜回回答说:"有一匹白练。"孔子说:"那是白马!"所以后世称"马"的量词为"匹"。西晋官员乐广有一次请朋友喝酒,朋友回家后就病了。乐广前去探望,并问病因。那个朋友说:"上次和你喝酒,杯子里有条蛇,我见你喝下去了,我也不好推脱也喝下了,回来就觉得不舒服。"乐广十分疑惑,回家后发现墙上挂着一张弓,顿时明白了,原来是朋友误将投入杯中的弓影当作蛇影。乐广于是重新摆酒邀请那个朋友,席间告诉朋友杯中蛇影其实是弓影。他还取下弓,果然朋友杯中的蛇影就消失了。朋友打消了疑虑,病很快就痊愈了。

唐代官员罗珦年轻时家境贫寒,靠着福泉寺的僧人施舍度日。二十年后,他做了官,持节还乡,重游福泉寺,并在僧房墙上题了一首诗道:"二十年前此布衣,鹿鸣西上虎符归。行时宾从光前事,到处松杉长旧围。野老竟遮官道拜,沙鸥遥避隼旗飞。春风一宿琉璃地,惟有泉声惬素机。"唐代宰相王播,发迹前家境贫寒,寄居在扬州木兰寺,每天跟着僧人一起吃饭。僧人见他长年如此,因此很厌恶他,于是便在吃饭后再敲开饭钟。王播听到钟声,便前来吃饭,发觉和尚们已经用餐完毕,又羞又恨,于是在墙壁上题诗道:"上堂已了各西东,惭愧阇(shé)黎饭后钟。"僧人没等他写完就将笔抢下来,王播愤然离去。后来王播做了大官,又来到木兰寺,看见他以前题诗的墙壁已经用碧纱笼罩起来了。于是十分感慨,便在墙上续题了二句道:"三十年前尘扑面,而今始得碧纱笼。"

唐代大臣李泌向唐肃宗请求辞官归隐,唐肃宗问是否因为自己没有采纳他的北伐建议,故而辞官。李泌说是由于唐肃宗听信宦官李辅国的谗言,杀掉了自己的儿子建宁王李倓(tán)。李泌还援引以前武则天时的历史进谏说:"以前武后杀了长子李弘,次子李贤十分害怕,作《黄台瓜辞》:'种瓜黄台下,瓜熟子离离。一摘使瓜好,两摘使瓜稀。三摘犹为可,四摘抱蔓归。'现在陛下已经摘了一个瓜,希望千万不要再摘了。"肃宗听后大悟说你的话今后我一定牢记。战国时,齐宣王起造一座大宫室,占地百亩,工程浩大,三年还未完成。朝中百官都不敢进谏,只有香车一人冒死进谏。香车说:"楚王废除先王礼乐而用淫乐,您觉得楚国有贤明的君主吗?有贤能的大臣吗?"宣王说都没有。香车趁机说:"那您说如今建宫殿三年还没建成,大家都不敢进谏,齐国是没有贤明的君主呢,还是没有贤能的大臣?"齐宣王不好意思地说:"没有贤能的大臣。"香车见他这样说便要辞官归隐。宣王赶紧挽留，说："香子不要走，为什么这么晚才劝谏我。"于是停止了建造。

唐宪宗崇信佛教，要耗费大量人力财力把法门寺的佛骨迎接到京城供养起来。韩愈上书进谏，认为佛不值得崇拜，应该让有关部门把佛像等佛教的一切东西全付之一炬，永绝后患。他的谏言触怒了唐宪宗，立刻被贬为潮州刺史。韩愈所作诗句"一封朝奏九重天，夕贬潮州路八千"就是描绘这件事。唐代大臣傅奕上书唐太宗请求禁止佛法，遭到大臣萧瑀的反对。傅奕嘲讽道："萧瑀不生于空桑（孔子的出生地）礼仪之邦，所以遵无父之教！"当时有个胡僧宣扬自己能够念咒把人咒死，然后又可以让他活过来。傅奕说："这是邪术，邪不能胜正，叫他来咒我试试。"胡僧去咒傅奕，果然不灵验，反倒因自己的把戏被拆穿而被吓死了。

南北朝时梁人阴子春官至刺史，但他穿的衣服却沾满污垢，脚也是几年才洗一次，他说每洗一次脚就要失一次财。后来他在梁州一年洗了两次脚，结果真的在梁州之战中大败。南北朝宋大臣刘邕酷爱吃伤口上结的伤疤痂子，认为痂子味道和鲍鱼一样。有一次他去拜访孟灵休，恰好孟灵休身上长了一些疮疤，有些痂脱落掉到席子上。刘邕就捡起来吃掉。孟灵休大惊，于是把身上还没有脱落的痂子也拔下来给他吃，结果弄得自己满身是血。

唐代著名歌伎薛涛，才艺双绝，和当时著名诗人元稹、白居易、张籍、王建、刘禹锡、杜牧、张祜等人都有唱酬交往。她曾居住在成都浣花溪旁，自造桃红色的彩色信笺，用以写诗。大家纷纷仿制，称为"薛涛笺"。南朝梁才子江淹，年少时就以文章名闻天下。任浦城县令时，梦见有人送他一枝五色笔，从此他的文章就越来越华美了。十多年后，一次他夜宿冶亭，又梦见一人前来把五色笔要回去了。从此江淹再也写不出好文佳句了，当时人都说他"江郎才尽"。

东汉班昭是班固的妹妹，曹世叔的妻子，很早就守寡了。著有《女诫》七章。汉和帝时，班固著《汉书》，还未完成就去世了，汉和帝就命班昭续成此书。皇帝也经常召她入宫，让皇后和其他妃子向她学习礼仪，号为曹大家。东汉文学家蔡邕的女儿蔡琰，字文姬，是历史上著名的才女。她守寡后回到了娘家，被乱兵劫掠到北方，成了南匈奴左贤王的妻子。十二年后曹操哀蔡邕没有子嗣，便派人用金帛把她赎了回来。蔡琰归汉后，百感交集，于是创作了《胡笳十八拍》。

传说黄帝曾派乐官伶伦采嶰（xiè）谷之竹，制成乐管，吹奏起来竟然有黄钟之音。于是模仿凤凰的鸣叫声制成十二管，以雄凤的鸣声为六律，雌凰的鸣声为六吕，合称为十二律。北宋蔡确，宋神宗时为相。后被贬新州，家有侍女名琵琶，蔡确很喜欢她。蔡确养了一只鹦鹉，很聪慧。他每拍一下响板，鹦鹉就会叫琵琶的名字。后来琵琶不幸去世，蔡确有一次误拍响板，鹦鹉还以为主人提醒自己喊琵琶，于是不停地喊琵琶之名。蔡确触景生情，写诗抒怀说："鹦鹉言犹在，琵琶事已非。伤心瘴江水，同渡不同归。"

东晋名士、书法家王献之有一个爱妾叫桃叶，她的妹妹叫桃根。有一次姐妹二人因事渡江，王献之到渡口为她们送行，并做了一首送别诗："桃叶复桃叶,渡江不用楫。但渡无所苦,我自来迎接。桃叶复桃叶,桃树连桃根。相怜两乐事,独使我殷勤。"后人因此把这个渡口称为桃叶渡,相传桃叶渡在秦淮河口。唐代大诗人杜牧任池州(今属安徽)刺史时,曾作有《清明》诗云："清明时节雨纷纷,路上行人欲断魂。借问酒家何处有?牧童遥指杏花村。"杏花村因此得名。杏花村现在安徽池州。

七 阳

君起盘古,人始亚当。明皇花萼,灵运池塘①。

神威翼德,义勇云长。羿雄射日,衍愤飞霜。

王祥求鲤,叔向埋羊。亮方管乐,勒比高光。

世南书监,晁错智囊。昌囚羑里,收遁首阳②。

轼攻正叔,浚沮李纲。降金刘豫,顺房邦昌。

瑜烧赤壁,轼谪黄冈③。马融绛帐,李贺锦囊。

昙迁营葬,脂习临丧。仁裕诗窖,刘式墨庄。

刘琨啸月,伯奇履霜。塞翁失马,臧谷亡羊。

寇公枯竹,召伯甘棠。匡衡凿壁,孙敬悬梁。

衣芦闵损,扇枕黄香。婴扶赵武,籍杀怀王。

魏徵妩媚,阮籍猖狂。雕龙刘勰,怒骥应玚④。

御车泰豆,习射纪昌。异人彦博,男子天祥。

忠贞古弼,奇节任棠。何晏谈易,郭象注庄。

卧游宗子,坐隐王郎。盗酒毕卓,割肉东方。

李膺破柱,卫瓘抚床。营军细柳,校猎长杨⑤。

忠武具奠,德玉居丧。敖曹雄异,元发疏狂。

寇却例簿,吕置夹囊。彦升白简,元鲁青箱。

孔融了了,黄宪汪汪⑥。僧岩不测,赵壹非常。

沈思好客,颜驷为郎。申屠松屋,魏野草堂。

戴渊西洛,祖逖南塘⑦。倾城妲己,嫁房王嫱。

贵妃桃鬓,公主梅妆。吉了思汉,供奉忠唐⑧。

〔注释〕

①花萼:一朵花中所有萼片的总称,包被在花的最外层。萼片一般呈绿色的叶片状,其形态和构造与叶片相似。此处比喻兄弟团结在一起,像萼片一样紧紧相连。

②羑(yǒu)里:古地名,又称羑都,在今河南安阳。遁(dùn):避开,逃走。

③谪(zhé):降职,贬官。

④刘勰(xié):南朝梁时期大臣,文学理论家、文学批评家。愍(mǐn):同"悯"。同情,怜悯。骥(jì):本指千里马,后也比喻贤能、贤才。应场(yáng):字德琏,东汉末文学家,"建安七子"之一,善歌赋。

⑤校(jiào)猎:用栅栏围住野兽以便猎取,亦泛指打猎。

⑥了了:聪慧;通晓事理。汪汪:形容水充盈广阔的样子。

⑦祖逖(tì):字士稚,范阳人,东晋时期杰出的军事家。与刘琨是挚友。成语"闻鸡起舞"讲的就是他们二人的故事。

⑧供奉:唐代有高深修养的文人及艺术家,皆被皇帝罗致左右,以某种技艺侍奉帝王。

〔译文〕

　　三国吴人徐整的《三五历记》是一部记载三皇五帝事迹的远古帝王纪。这部书里面最早登场的就是盘古。据记载，盘古生于天地浑沌之时，因此又称为浑沌氏。后来他开天辟地，死后身体化作了日月星辰等，是宇宙的始祖。明末熊明遇所著《格致草》中记载了西方经书中人类始祖亚当的传说。上帝用水和泥土造了一个男人亚当，又用亚当的肋骨造出一个女人厄袜（夏娃）。他们生了两个儿子，一个叫迦音（该隐），一个叫亚伯，从此人类开始繁衍生息。

　　唐玄宗与他的几个兄弟们关系很好，互亲互爱，宋王成器等几个兄弟也建议在他们居住的兴庆坊建一座离宫，这样方便玄宗继续与他们几个兄弟一起欢聚。宫殿建好后，玄宗还在上面题词"花萼相辉之楼"，寓意他们五兄弟像花萼一样紧密团结。玄宗经常带领兄弟们登楼听乐观舞，饮酒欢会。南朝宋谢惠连，十岁时就能写诗，深得族兄大诗人谢灵运的赏识。谢灵运常对人说："我和谢惠连在一起常能写出佳句。"有一次，他在永嘉西堂写诗，一整天也没写成。后来梦见了谢惠连，果然灵感就来了，从而写下了"池塘生春草，园柳变鸣禽"这一千古名句。

　　三国蜀汉名将张飞，字翼德。刘备在荆州被曹操击败时，曹操率军追击，张飞率二十骑为刘备断后，他手持长矛立于桥头，圆睁怒目大喊："我是张翼德，来和我决一死战！"曹操的士兵慑于张飞的神威，无一人敢去应战。《三国志》说他"雄壮威猛亚于关羽"，魏国谋臣程昱等咸称张飞与关羽"万人敌"。关羽，字云长,汉末河东解县人。与张飞一起追随刘备。为人忠义,精通《左氏春秋传》。刘备曾派他坚守大本营下邳,曹操派兵围困下邳,并让张辽劝其投降。关羽虽然投降,但与曹操约法三章,表明自己今后仍会为刘备效力。后在万军阵前斩杀颜良报效了曹操知遇之恩,后回归刘备。忠义英勇,威震华夏。死后被尊为神,是传统文化中忠义的代表人物。

传说尧时天上出现了十个太阳,晒焦了禾苗树木,晒干了江河湖泊,老百姓没法活下去了。尧于是命神箭手后羿射掉九个太阳,后羿也成为传说中的英雄。战国时,齐国阴阳家邹衍听说燕昭王礼贤下士,因此从魏国来到了燕国,燕昭王待他极为诚敬,拜他为师。燕昭王死后,昏聩的燕惠王听信谗言,把邹衍关进监狱。邹衍有冤不能伸,委屈得仰天大哭,时值炎夏,竟降起霜来。燕国不久也再次衰弱下去。

西晋王祥,是古代著名的孝子。他的生母去世后,继母朱氏待他不好,但王祥仍十分孝顺。一年冬天,朱氏想吃活鱼,可是天寒地冻,水面都结了厚厚的冰,用石头都砸不破。王祥就脱掉衣服以体温融化坚冰,结果一对鲤鱼从冰下跃出。王祥卧冰的地方后来也被称为"卧冰池"。春秋时晋国卿士叔向,是当时著名的政治家、外交家。他的家风十分正派。一次,有个偷羊贼送了一个羊头给叔向的父亲,他的父亲不要。这时叔向的母亲说没必要与这种人结仇,便收下了羊头。不过没有吃掉,而是把它埋了。三年后,东窗事发,偷羊贼被抓,叔向家也受到牵连。叔向的母亲这时将羊头挖出来,羊头虽腐烂,但舌头还保存着,他因此被无罪释放。大家觉得这个事实在太神奇了,于是他们家之后也称"羊舌氏"。

　　东汉末年,琅玡诸葛亮避乱南阳隐居于隆中。他经常抱膝长啸,吟唱《梁父吟》。自认为其雄才大略,可以与春秋战国时期的管仲、乐毅相媲美。后来刘备三顾茅庐,请他出山,终于帮刘备完成帝业,三分天下居其一,成为历史上杰出的政治家。十六国后赵开国皇帝石勒,在位期间轻徭薄赋,求贤兴学,使得后赵成为当时北方最强大的国家。他的臣子徐光称赞石勒的功勋远超汉高祖、光武帝。石勒却说:"你说得太离谱了,我还是有自知之明的。我如果遇上汉高祖,只能老实做他的臣子;如果遇上光武帝,则可以和他并驾齐驱争夺中原。大丈夫举大业,应该光明磊落,而不能像曹操和司马懿那样,欺凌人家孤儿寡母,用狡诈的手段夺取天下。"

　　唐代虞世南,唐太宗时"十八学士"之一,著名书法家、文学家。唐太宗极为欣赏他的文才、德行。有一次唐太宗要出行,有人建议载书随行以备参考。唐太宗说:"有管书的虞世南跟着,还带书干什么呢?"可见唐太宗对虞世南知识渊博的推重。西汉晁错,精研法家刑名之学,为人严峻刚正。汉文帝时,派他跟随伏生学习《尚书》。后来让他辅佐太子,被称为"智囊"。太子即位后,晁错建议削藩,得到汉景帝支持。

　　周本是商朝的属国,商朝末代君王商纣昏庸无道,任意诛杀大臣,宠信奸佞小人。周文王姬昌为此深感忧虑。当时周已经逐渐强大,文王也深受诸侯拥戴,商纣王害怕他夺取殷商天下,便将他囚禁于羑里。周文王在囚禁中推衍八卦,而成《周易》一书。后来用计逃回封地,继续休养生息,为后来灭商打下牢固的根基。薛收听说唐高祖李渊起兵反隋，就遁入首阳山，打算响应李渊起兵。后来他辅佐太宗李世民，屡立战功。又文思敏捷，起草檄文告示，片刻即成，且不用再予以修改，好像是提前一天完成的一样。

北宋程颐，字正叔，宋代理学的代表人物之一。他提出"去人欲，存天理"，认为"饿死事极小，失节事极大"，对后世影响巨大。正因为他秉承这样的观点，所以其为人也常常显得过于庄重刻板。苏轼对他的观点很不以为然，认为不近人情，经常对他冷嘲热讽，也指使顾临等人接连上书弹劾他，被贬为西京国子监。宋钦宗时金人南侵，主战派李纲力主抗金，被任命为宰相。侍御史张浚，弹劾他妄杀大臣、招兵买马，其他一些奸臣趁机构陷李纲。致使李纲为相仅七十七天即被贬出，议和派占上风，最终酿成靖康之乱，北宋灭亡。

宋人刘豫本在河北为官，金人南下时，他弃官而逃，后来任济南知府。这时山东外有金兵，内有义军不断起义，刘豫焦头烂额，便请求朝廷把他调到南方一带局势较为稳定的郡县为官，被拒绝。刘豫恼羞成怒，出城投降了金国，后来被金人册封为傀儡国齐国的皇帝。多次配合金兵攻打宋朝，无功而返，被南方宋人唾弃。北宋末年，张邦昌曾与康王赵构一起为金朝人质，他力主投降。金兵攻入北宋都城汴京后，为了安抚宋朝军民，金人打算再册立一个皇帝。忠于宋朝的官员都建议册立太子为帝，金人不准，就册封投降派张邦昌为"楚帝"。当时忠于宋廷的大臣有几百人起义抗金，张邦昌这个皇帝也当得提心吊胆。金人退出汴京后，他被金人抛弃。宋高宗赵构即位后，以叛国罪杀了他。

东汉末年,孙权任周瑜为建威中郎将。曹操消灭北方割据势力后便率领军队二十余万征孙权。孙氏集团很多人都吓破了胆,纷纷劝孙权投降曹操。周瑜请求带兵三万抵抗曹操。后来联合刘备在赤壁火攻曹军,取得赤壁之战的胜利。宋代苏轼任湖州知府时,中丞李定、御史舒亶把他诗文中的一些句子摘录下来,弹劾他怨谤皇帝。苏轼因此被捕。这就是历史上的"乌台诗案"。曹太后看了他所谓的"谤诗",知道他为仇人中伤,得以轻罚,被贬为黄州团练副使。

东汉学者马融,是开国功臣马援的后裔。汉桓帝时任南郡太守,得罪大将军梁冀被免官。他学问渊博,跟他学习的学生有数千人。汉末名臣卢植、大学者郑玄都是他的高足。他授课时,自己独坐高堂之上,堂上设绛帐,绛帐前面是传授学生知识的地方,绛帐后面则有美女奏乐歌舞。他善于养生,也不拘于儒生的礼节。唐代诗人李贺,酷嗜苦吟。他每天早上外出,都骑着一匹瘦马,后面跟着一个背着锦囊的小书童。李贺骑着马,要是想到很好的句子,就赶紧写下来,投入锦囊中。晚上回家,他的母亲看到锦囊中那些纸条总是生气地说:"这孩子非得把心血全呕尽在写诗上不可!"

南朝僧人释昙迁与文学家、史学家范晔交游甚密。后范晔因谋逆罪被杀,一门中被株连死了十二个人,亲友们都不敢来范家送葬。只有昙迁变卖了衣物为范家送葬。宋孝武帝听说后大为叹赏,对徐爰说:"你写《宋书》别忘了给这个人立传。"东汉末脂习和孔融关系十分要好。后来孔融因触怒曹操被杀,许昌的文武百官都不敢为孔融收尸,唯有脂习抚尸大哭道:"你舍我而去,我以后还能跟谁说话呢!"曹操知道后很生气,本来要治他的罪,后来又觉得他正直可钦,便打消了惩罚他的念头。

唐末五代时后蜀诗人王仁裕著有诗歌万篇,当时号称"诗窖子"。北宋官员刘式,宋太宗时掌管国家财政十多年,死后却家徒四壁,只留下数千卷书籍。他的妻子陈氏指着书对儿子们说:"这是你们父亲的墨庄,现在送给你们以供学习之用。"

东晋刘琨与他的好友祖逖都以豪雄而闻名。永嘉初年,刘琨任并(bīng)州刺史转战到晋阳,被胡兵围困。刘琨于是乘着月色登上城楼清啸,又在半夜里奏胡笳,胡兵听到后也渐渐产生了思乡的念头。天亮后,胡兵就撤走了。西周人尹伯奇幼年丧母,父亲尹吉甫听信后母的谗言,将他赶出家门。尹伯奇哀伤自己本无过错却被放逐,于是作了《履霜操》,希望打动父亲。

《淮南子》里面记载了塞翁失马的故事。边塞有一老翁和家人生活在一起,他的马跑到胡地去了。邻居们都前去安慰他,他却说:"这也许是件好事。"果然不久,他的马带着一匹胡地的骏马跑了回来。人们又都跑来祝贺他,而他却说:"这也许不是件好事。"果然,过了些天,他的儿子骑着胡地跑来的骏马摔断了胳膊。人们又去安慰老翁,而老翁再次和众人唱反调说:"这又何尝不是件好事呢!"不久发生战乱,青壮年男子都被征召参军,很多人都牺牲了,老翁的儿子却因为断臂没能上战场,因此得以活了下来。这就是著名的"塞翁失马,焉知非福"的故事。《庄子》也记载了一个寓言,臧与谷两人去放羊,结果羊丢了。有人问两人丢羊时在做什么,臧说自己在读书;谷说自己在赌博。两人做的事情虽然不同,但结果却是相同的。

北宋名相寇准，曾两次出任宰相。宋真宗时遭丁谓陷害被贬外放。临行前，寇准剪了一枝竹插于神祠前，祝愿道："寇准如果没有辜负朝廷，那么枯竹就会再生。"果然，他走后，枯竹就复活了，后人称此竹为"相公竹"，都不忍砍伐。召公奭是西周宗室大臣。他的封地在召，所以称为召公。他与周公两人共同辅佐成王，召公治理陕原以西地区，周公治理陕原以东地区。他曾巡视南国，在甘棠树下断案，十分公平。他去世后，老百姓作《甘棠》诗哀悼、怀念他。

西汉大臣匡衡十分好学，但幼时家境贫寒，没有能力购买书籍。同县有个大户，家中藏书很多。匡衡就不求报酬为他做工，只要能借阅他的藏书。晚上家里点不起灯，他便在墙上凿了个洞，借着洞中透过来的邻家的灯光继续苦读。后来终于封侯拜相，事业有成。汉代孙敬好学不倦，长年累月都闭户读书。偶尔去一次集市，人家看到他，都惊讶地说："闭户先生来了！"每天晚上读书到很晚，为了避免睡着，便用绳子把头发系在屋梁上，就这样通宵达旦地读书。

春秋时鲁国人闵损，字子骞，是孔子的弟子。闵损幼年丧母，后母时常虐待他，冬天给闵损穿的冬衣里面塞的都是芦花絮，而不是丝麻絮。闵损父亲知道后很生气要休掉后妻，闵损却竭力阻拦，说："母亲在就我一个人冷一点儿而已，要是赶走了她，她和她的两个儿子一共三个人都要受冻了。"后母听后十分感动，从此待闵损如亲生儿子。东汉宰相黄香，字文强，江夏安陆（今湖北云梦）人。他九岁丧母，对父亲极为孝顺。夏天先用扇子把枕头和席子扇凉，冬天则先把被窝睡热，然后再让父亲睡。长大后，博学多才，京城里都称赞他说："天下无双，江夏黄香。"

春秋时晋国人程婴与公孙杵臼都是执政大臣赵朔的门客。后来晋国权臣屠岸贾陷害赵氏，残杀赵朔全家后，搜捕赵朔的遗腹子赵武。程婴与公孙杵臼商议后使用调包计，以程婴之子替换了赵朔之子。屠岸贾误以为已尽杀赵氏，便停止了搜捕。程婴将赵武藏在家中，抚养成人。十五年后，赵武报仇雪恨，杀了屠岸贾。秦末项梁起兵反秦后，接受范增的建议在民间找到了楚怀王的孙子，立为楚怀王，用以号令义军反秦。后来项梁的侄子项羽成功推翻秦朝统治，尊怀王为义帝。项羽自封为西楚霸王，派人把义帝迁往长沙，同时又暗令九江王英布杀死义帝。

唐初大臣魏徵，以敢于直言进谏而闻名。有时进谏，因唐太宗没有听从，他就不理睬唐太宗。唐太宗说："你先回答我的话再向我进谏，又有何妨？"魏徵回答说："从前贤明的君主舜就警惕那种表面顺从的人。现在如果我知道您不对，但口中还要应您的问话，那就是面从，这难道是贤臣侍奉明君应该做的吗？"唐太宗笑道："都说魏徵疏慢，但我却觉得他妩媚，合我心意。"

"竹林七贤"之一的阮籍为人率性，不喜束缚。他生活的时代，文人多死于非命。为了保全性命，他纵酒谈玄，从不评论人物的好坏和时事。有时长达几个月闭门读书，有时整日游山玩水，乐而忘返，有时漫无目的地驾车出行，直到走到无路可走了才大哭而返。

南朝梁代著名文学理论家刘勰，字彦和。撰有《文心雕龙》五十篇，研讨古今文体，是我国古代第一部体系完整的文学理论著作。东汉"建安七子"之一的应玚,遭遇战乱,朝政混乱。他也抑郁不得志,于是作《愍骥赋》,借哀怜千里马不被发现来抒发自己怀才不遇的情怀。

传说西周时造父向泰豆氏学习驾车技术。泰豆氏对造父说:"好弓匠的儿子必须先学会用竹条编制簸箕,好冶匠的儿子必须先学会缝制皮衣。你要学好驾车之术,要先观察我疾走,等走路像我了,才可以手拉六条缰绳,驾驭六匹骏马。"于是泰豆氏用木头作为路,宽窄只能容下一只脚,站在木头上快步往返,从不失足。让造父也学着走,他三天就掌握了要领。泰豆氏这才告诉他驾马车的秘诀。后来造父为周穆王驾车,一日千里,因功受封赵城,成为赵姓始祖。纪昌向飞卫学习射箭。飞卫说:"学射箭首先得学会不眨眼睛。"纪昌回家躺在妻子的织布机下,眼睛盯着织布机的踏板,三年后,即使锥尖刺到,他的眼睛也不眨一下。飞卫又对他说:"这还不够,还要做到视小如大,视微如著,然后再来找我。"纪昌回去后,用马尾毛系着一只虱子悬挂在窗前,天天看它。三年后,虱子在他眼中渐渐变大如同车轮。再看其他物体,都跟山丘一样大了。于是飞卫命纪昌射虱子,一箭射中虱心而马尾毛不断。

宋代文彦博为宰相,容貌端庄威严。辽国使者来宋朝觐见宋帝,见到文彦博,倒退几步大惊道:"这是文彦博吗?不是年纪很大了吗?怎么还这么雄健?"苏轼说:"你只看到了他的样子,不知道他的言行举止,处理事务的能力就是年轻人也比不上啊!"辽国使者连连说:"真是天下异人!"宋代文天祥率兵抗元,兵败被俘后,拒不降元,元朝皇帝忽必烈下令处死文天祥。文天祥临刑前望着故土拜了两拜，留下遗言，中有"孔曰成仁，孟曰取义""读圣贤书，所学何事？而今而后，庶几无愧"的话。忽必烈知道后感叹道："文丞相才称得上是真正男子汉大丈夫，本朝将相无一人能比，死了实在可惜。"

南北朝时，北魏大臣古弼以忠贞敢于直言而闻名。一次他进宫奏请减少建造苑囿，正碰上魏太武帝拓跋焘和刘树下棋。等了很久棋还未下完，于是就站起来揪打刘树，并愤怒地说："朝廷的事没处理好，就是你这样的人的罪过。"拓跋焘惊愕地说："我不听你上奏，是我的过错，刘树有什么罪呢？"古弼于是奏请减少苑囿，拓跋焘立刻批准了。东汉任棠隐居于汉阳，靠教授学生为生。一次太守庞参去拜访他，他不理太守，只是抱着孙子坐在门边，屏风前放着一把薤（xiè）草，还有一壶水。太守的部下很生气要治他的罪，庞参思考良久，终于悟出了他这样做的道理："水表示要我清廉；拔薤草要我打击豪强；抱着孙儿坐在门边，是要我抚恤孤儿。"庞参回府后就照此来治理郡县，一郡果然受益匪浅。

三国魏人何晏，自称精通《周易》的义理。只有九处不了解。有一次他与管辂（lù）共同讨论《周易》，管辂为他一一剖析，九处不明了的地方也彻悟了。当时邓玄茂也在场，他很奇怪管辂的讲解，就问他："你精通《周易》，为什么言谈之中不提及《周易》文辞的意义？"管辂说："精通《周易》的人不谈及《周易》文辞的意义。"何晏笑道："这就是要言不烦。"西晋学者向秀曾经给《庄子》作注，据说注解十分精妙。但是还剩《秋水》《至乐》两篇没来得及注解便去世了。他的注解后来辗转被郭象所得，于是据为己有，郭象再注解《秋水》《至乐》两篇，又改了改《马蹄》这一篇，其他的稍做修改，就成为自己的著作。

南朝宋隐士宗炳，琴棋书画都很精通，特别是精于玄谈。喜欢游览山水，每当他遇到景色优美的地方，都乐而忘返。东方的庐山，西边的巫山，南方的衡山，都留下了他的足迹。后因病回到江陵，将所游览过的山水画于室中，说："年老多病，恐怕不能再看遍名山大川了，只能躺在床上游览它们了。"东晋书法家王坦之字文度，年纪轻轻就誉满朝野，当时人称"江东独步王文度"。又因为他做过北中郎将，所以又称王中郎。《世说新语》说王中郎以围棋是坐隐，因为坐着下围棋的时候不用考虑其他事务，就像隐居起来一样。

东晋毕卓年轻时为人不拘礼法，曾说："得酒数百斛，左手拿着酒杯，右手拿着蟹钳，坐着酒船飘荡，这一生就够了。"他任吏部郎时，一次夜晚乘着酒意偷喝邻居刚酿好的酒被抓住捆了起来。第二天早上一看，竟然是毕卓。汉东方朔谈吐风趣，诙谐滑稽。一次祭祀完后，汉武帝将祭肉赐给随从的官员。大官还没有来，东方朔等不及就割了肉回家了。汉武帝知道此事后，令东方朔自我检讨。东方朔说："我接受赏赐却没有等待诏令，多么无礼！拔剑自己割肉，多么雄豪！割走的肉不多，多么廉洁！拿回去给妻子吃，多么仁慈！"汉武帝笑道："叫你自责，反倒夸耀起自己来了。"就又赏赐给东方朔一些酒肉。

东汉名士李膺做司隶校尉时，执法严明。当时宦官张让的弟弟张朔为野王县令，贪残无道，做了很多不法之事，李膺要治他的罪。张朔惧怕李膺，便藏在张让家的合柱之中。李膺知道后，直接带兵砸破柱子，抓住张朔，审讯完就杀掉了。从此宦官们的嚣张气焰都有所收敛。晋惠帝是个白痴，他做太子时，大臣们都不希望他继承皇位，但都不敢明说。侍中卫瓘一次借酒醉跪在晋武帝龙椅前说："有事启奏。"晋武帝说："你要说什么？"卫瓘几次欲言又止，最后用手抚摸着龙椅说："这龙椅实在可惜了！"晋武帝明白他的意思，但还是故意说："你喝醉了吧。"

汉文帝时，匈奴入侵，汉文帝派周亚夫等人领兵抵御。汉文帝亲自前往犒劳军士。汉文帝到霸上、棘门军营时，所到之处如入无人之境，随意进出。到了周亚夫驻扎的细柳营时，派人前去通报说天子要来。哪知道军门都尉说："军中只听将军的号令，不听天子诏命。"汉文帝于是派人拿着符节和诏令给周亚夫，周亚夫才传令打开营门，让皇帝进来。军门都尉又对汉文帝说："将军有令：军营之中不得驰骋。"汉文帝只好骑马缓缓而行。来到大营，周亚夫又说："甲胄之士不能下拜。"汉文帝听后感叹说："这才是将军啊！"棘门、霸上那些简直是儿戏。汉成帝令老百姓们前去捕捉野兽并把野兽都送到长杨圈养起来，供他射猎，以此向胡人夸耀。百姓却因为要捕捉野兽，耽误了农活，不得安宁。扬雄目睹此事后就作了一篇《长杨赋》来讽谏汉成帝。

南宋名将岳飞，谥号忠武。曾跟着周侗学习射箭，周侗死后，每逢初一和十五，岳飞都要变卖衣物买来酒肉，在周侗坟前祭奠，还会用周侗赠给他的弓射三箭，才回家。唐代顾德玉是俞观光的学生。俞观光没有子女，他曾说："我生病时，顾德玉像服侍父亲一样服侍我。我的身后事一定要托付给他。"俞观光死后，顾德玉在自己家中收敛自己的老师。别人问他在自己家中收敛外姓人,合不合礼法? 他说活着的时候听他教诲,死后任他丢在野地不管,这才不是仁者该做的。于是将他葬于顾氏祖坟边,每年按时祭扫。

北朝高昂,字敖曹,生就一幅奇异的面孔,额头像龙,头像豹子。从小不爱读书,专门到处驰骋玩乐。他常说:"男儿应当横行天下,自取富贵,哪能坐得端端正正地读死书当个老学究呢?"后任西南道大都督,祭祀河伯时,他说:"河伯是水中之神,高敖曹是地上之虎!"北宋腾达道,字元发,为人豁达不拘礼节。他曾为范仲淹门客,经常到处喝酒。范仲淹对他很不满,屡次让他读书。一天晚上,滕元发又喝得大醉而回,看见范仲淹还在读书,就问范仲淹在读什么。范仲淹说:"《汉书》。"滕元发又问汉高祖是什么人,范仲淹语塞,他知道滕元发肯定想说自己现在的行为和汉高祖之前的行为没什么两样,只好默默站起来回屋去了。

北宋寇准做宰相时,用人从不论资历,惹得其他官员很不高兴。一次侍从递上记录官员履历的例簿,寇准严肃地说:"宰相的责任是进用贤能,屏退不称职的人,如果什么都靠例簿上的记录,那用人只需要一个小吏就够了,还要宰相做什么?"北宋吕蒙正曾两度为相。他有一个夹囊,里面有一个册子。每当有人来拜见他时,他就要问这些人认识哪些人才,然后分门别类地把这些人才的情况记录在册子上。等到朝廷需要什么人才时,他就举荐记录在册的贤才。

南朝任昉,字彦升,以文章闻名当时。梁武帝时担任御史中丞,每次弹劾官员,一定要说:"臣谨奉白简以告陛下。"当时的

习俗,用白纸是很严重的弹劾,用黄纸则是比较轻的弹劾。南朝
王淮之,字元鲁。他家自曾祖王彪之开始,就以熟悉朝廷掌故闻
名,并将熟悉的江左旧事记载下来,装在青箱中,世代相传,人称
"王氏青箱业"。

东汉孔融,十岁时随父亲到洛阳拜访名士李膺。当时拜访
李膺的人实在太多了,因此很多人来这里门卫都不通报,也不让
进。孔融一来,就说他和李膺世代交好。门卫大惊,赶紧通报李
膺说他的世交来了。李膺也十分好奇,就让他进来了。李膺见
到孔融还是个小孩子,就问:"您的爷爷或者父亲辈的人和我有
交往吗?"孔融回答道:"我家祖先孔子和您家祖先老子有师友
之交,因此我孔融和您就是世交了。"李膺与众宾客听后十分惊
喜,认为孔融了不起。过了一会儿,陈韪来了,李膺把这个事讲
给他听,他不以为然地说:"小时聪明,长大了未必有什么出
息。"孔融立刻应声回答道:"想必您小时候肯定很聪明吧!"陈
韪听了十分尴尬。汉代黄宪,汝南人。郭泰来到汝南,先去拜访
袁奉高,稍留片刻就走了。顺道拜访黄宪时,一住就是好几天。
有人问他原因,郭泰说:"袁奉高之才就像大水泛滥一样,虽然
清澈但容易舀起来;黄宪之才则像千顷水波十分宽广,很难澄
清,也没法使它浑浊,深不可测!"屡次被举荐为孝廉,黄宪都
不理。

南朝赵僧岩,胸怀宽大,深不可测。好友刘善明想推荐他为
秀才,赵僧岩十分震惊,拂袖而去。后皈依佛门,流连山谷间,常
随身携带一把酒壶。一天,他对弟子说:"我今晚将死于壶中。"
到了夜间果然逝去。东汉赵壹才识过人,又恃才傲物。他曾对

司空袁逢长揖不拜，袁逢责备他没有礼貌，赵壹却说："以前郦食其见汉王刘邦也只是长揖而已，现在我向三公长揖，这有什么奇怪呢？"袁逢听他这话说得不凡，知道这个人不简单，连忙下座，与赵壹交谈后，越发敬重他了。后来赵壹又去拜访河南尹羊陟，门卫不让他进去，他就在堂上大哭大闹。羊陟知道赵壹不简单，就出来见他，与他交谈，果然发现他才识过人。后来羊陟与袁逢一起举荐他为官，赵壹却不应召。

北宋沈思，号东老，会酿制十八仙酒。有一次吕洞宾幻化成道人，来沈思家要酒喝，从中午一直喝到傍晚，喝了几斗酒，都没有醉意。吕洞宾对沈思说："我很久没有来吴地游历了，因为我知道你积有阴德，所以赠你一首诗。"他把诗题到墙上："西邻已富忧不足，东老虽贫乐有余。白酒酿成缘好客，黄金散尽为收书。"汉代颜驷，眉毛头发花白的时候才做了个郎官。汉武帝有一次路过他们办公的地方，看到竟然有年纪这么大的郎官，便问他缘故。颜驷回答说："文帝喜欢文治，但我喜武功；景帝喜欢美男子，我却容貌丑陋；现在您喜欢年轻人，我却已年老，因此三世不遇。"汉武帝为之叹息，就升他做了都尉。

东汉申屠蟠，博通《五经》，又懂图纬，预见汉室将乱，因此朝廷多次征召，他都拒绝应征。他依松筑室，隐居其中。后来董卓自行废立，诛杀大臣，许多官员被害。申屠蟠没有出来做官，因此得以幸免，大家都很佩服他的先见之明。北宋魏野，字仲先，著名隐士。他住在陕州东郊，筑草堂而居，居所植有竹林，绕有清流，胜景宜人。又凿土为洞，号为"乐天洞"，自号草堂居士。有一次皇帝来汾阴祭祀，召他来见，他也不应召。一天魏野正在训练仙鹤,有人说皇帝的使者来了,他赶紧抱着琴翻墙逃走了。

西晋大臣陆机有一次回洛阳,途中遇到戴渊指挥一些年轻人抢劫。陆机在船中看到戴渊左右指挥得井井有条,觉得这个人有些才干,便对他说:"你有这样的才能,为何要做贼呢?"戴渊听后很感动,便含泪弃剑,归顺了陆机。陆机于是把他举荐给了朝廷,后来官至征西将军。东晋刚建立时,财物不足,公家和私人都很节俭,没有什么华丽的服饰和昂贵的珍玩。有一天王导等人去拜访祖逖,看见祖逖家堆满了贵重物品。王导很奇怪,就问哪来这些东西。祖逖回答说:"昨天晚上我又到南塘去了一趟。"祖逖经常指挥手下的人抢劫富户财物,当地官员也不闻不问。

商纣王讨伐有苏氏,有苏氏将女儿妲己献给纣王。妲己有倾国倾城的容貌,一下子迷住了纣王。从此纣王沉溺于酒色,对妲己言听计从,最终导致亡国。西汉元帝叫画工画后宫美人画像,他照着画像宠幸美人。后宫美人纷纷向画工行贿,好将自己画得美一点儿。唯独宫人王嫱,字昭君,不愿行贿。画工因此恼怒,把她画得很难看。后来匈奴单于来求和亲,汉元帝便照着画像挑一个不好看的赐给匈奴单于,选中了王嫱。临行前王嫱向汉元帝辞别,汉元帝才发现王嫱光彩照人,不禁悔恨交加,回头就下令杀掉了画工毛延寿等人。

《天宝遗事》中记载:有一年桃花盛开,唐玄宗与杨贵妃在宫中御花园设宴。园中有几千棵桃树,唐玄宗亲手折下一枝桃花插在杨贵妃的发髻上,说:"这桃花使你更加娇艳美丽。"南朝宋武帝之女寿阳公主，有一年正月初七在檐下睡午觉时，梅花飘落在她的额上，洁白的梅花使她显得更加妩媚动人。后世女子纷纷效仿，制成了一种面饰，号为"寿阳妆"。

秦吉了是一种长得像八哥的鸟，这种鸟训练得当，可以通晓人言。据说曾经有个夷人买一只秦吉了回去，秦吉了说："我是汉地的禽鸟，是不会进入夷地的。"便拒绝进食，不久就死了。唐昭宗因为军阀混战，时而逃往河北，时而被幽凤翔。在播迁过程中，随行有人带着一只猴子，很得唐昭宗的欢心。唐昭宗特赐这只猴子穿绯袍，号为"供奉"。后来朱温篡权，这只猴子见了朱温，就扑向前，跳起来用力打他，结果被朱温派人杀害了。

卷之四

八　庚

萧收图籍,孔惜繁缨①。卞庄刺虎,李白骑鲸②。

王戎支骨,李密陈情③。相如完璧,廉颇负荆。

从龙介子,飞雁苏卿。忠臣洪皓,义士田横。

李平鳞甲,苟变干城④。景文饮鸩,茅焦伏烹⑤。

许丞耳重,丁掾目盲⑥。佣书德润,卖卜君平。

马当王勃,牛诸袁宏。谈天邹衍,稽古桓荣⑦。

岐曾贩饼,平得分羹。卧床逸少,升座延明。

王勃心织,贾逵舌耕⑧。悬河郭子,缓颊郦生⑨。

书成凤尾,画点龙睛。功臣图阁,学士登瀛。

卢携貌丑,卫玠神清。非熊再世,圆泽三生。

安期东渡,潘岳西征。志和耽钓,宗仪辍耕。

卫鞅行诈,羊祜推诚。林宗倾粥,文季争羹。

茂贞苛税,阳城缓征。北山学士,南郭先生。

文人鹏举,名士道衡。灌园陈定,为圃苏卿。

融赋沧海,祖咏彭城。温公万卷,沈约四声。
许询胜具,谢客游情⑩。不齐宰单,子推相荆。
仲淹复姓,潘阆藏名。烹茶秀实,漉酒渊明⑪。
善酿白堕,纵饮公荣。仪狄造酒,德裕调羹。
印屏王氏,前席贾生。

〔注释〕

①繁缨:古代天子、诸侯所用辂马的带饰。繁,马腹带。缨,马颈革。

②骑鲸:亦作"骑鲸鱼""骑长鲸",比喻隐遁或游仙。

③支骨:鸡骨支床的省语。鸡骨支床原指因亲丧悲痛过度而消瘦疲惫在床席之上。比喻在父母丧中能尽孝道。也形容十分消瘦。

④干城:干,盾牌;城,城墙。比喻保卫国土的将士。

⑤鸩:中国传说中的毒鸟。

⑥耳重:听觉迟钝。丁掾(yuàn):即丁仪,字正礼,三国时魏文学家。建安中,曹操辟为丞相西曹掾。曹操死后,曹丕继位魏王,转他为右刺奸掾。最后被杀。

⑦谈天:指谈论天地五行的事情。

⑧心织:指靠卖文为生。

⑨缓颊:指婉言劝解或替人求情。

⑩胜具:指胜任于登山临水的体魄和才情。

⑪漉(lù)酒:滤酒。

〔译文〕

秦末萧何随刘邦攻入秦朝都城咸阳,众将都去抢夺金银财宝,而萧何却去搜集秦朝的律令、户籍、地图,从而掌握了全国的山川险要和郡县户口贫富等情况。春秋时卫国大夫孙桓子伐齐失败,幸亏新筑人仲叔于奚救了他才免于被齐人所俘。卫君想赐给仲叔于奚一个封邑,他不要,但请求赏赐给他只有诸侯才能使用的乐器,并允许他使用诸侯才能用的繁缨装饰的马匹,卫君答应了。孔子听到这件事后说:"可惜啊!还不如多赐给他封邑,只有器物和名号是不能随便给人的。"

春秋鲁国下庄子,以勇猛著名。一次,他见有两只老虎在吃一头牛,便想同时杀了这两只老虎。有个名叫管竖子的人对他说:"牛肉甘甜鲜美,两只老虎一定会发生争斗,结果强大的老虎肯定会受伤,弱小的老虎要么死要么逃走。到时候你只要与那只受伤的老虎搏斗,就能一举两得了。"下庄子按他的话去做,果然轻松地得到了这两只老虎。唐代李白去拜访他的族叔李阳冰,在采石这个地方泛舟江上。当时他已喝得大醉,见水中有个月影,就大叫要把月亮捞起来,不幸堕江溺死。也有传说李白在水中骑鲸上天了。后人还在他坠水的地方建了一座捉月亭以纪念他。

西晋王戎、和峤两人同遭大丧,王戎服丧期间变得瘦骨嶙峋,和峤则哭得十分哀伤。晋武帝对刘仲雄说:"听说和峤的哀伤已经超过礼制,实在使人忧虑。"刘仲雄却说:"和峤虽然极尽礼节,但他的精神没有受到损害;王戎虽然没有尽礼节,却由于过分哀伤而损害了健康。和峤是生孝,而王戎则是死孝,所以不应该担忧和峤,而应该担忧王戎。"西晋李密,父亲早亡,母亲改嫁,由祖母刘氏抚养成人。晋武帝征召他为官,他上《陈情表》

推辞，因为写得情辞恳切，晋武帝看后也深为叹息，同意他暂不出仕。

战国时，赵王得到了楚国的一块美玉和氏璧，秦昭王得知后提出用十五座城池来换取这块玉璧。赵国君臣很为难，因为秦强赵弱，如果把和氏璧交给秦国，就怕秦国不给十五城；不交和氏璧，又怕秦国借此出兵攻打赵国。于是蔺相如自告奋勇带和氏璧入秦。秦昭王拿到和氏璧后，果然不提交割城池的事。蔺相如借口和氏璧有瑕疵，将和氏璧拿回自己手中，威胁要将它撞碎。秦王急忙劝止，并答应斋戒五日后再接受和氏璧，蔺相如趁机派随从带和氏璧逃回了赵国，秦王知道后无可奈何。蔺相如完璧归赵之后，赵王封他为上卿，位在名将廉颇之上。廉颇对此十分介怀，屡次宣扬要找蔺相如的麻烦。蔺相如得知后，尽量避开廉颇。他的门客对此很不理解，蔺相如对门客说："秦王之所以不敢对我国用兵，就是因为有我与廉将军在。我避开他，是因为我把国家的急难放在首位，把个人的仇怨放在第二位。"廉颇知道后，惭愧万分，就袒露上身，身背荆条登门请罪。两人于是成为生死之交。

春秋时介子推曾历经艰辛追随晋国公子重耳流亡列国，后来重耳回国当了国君，赏赐追随他流亡的手下，忘了封赏介子推。有人在宫门上题词说："有龙矫矫，遭天谴怒。三蛇从之，一蛇割股。二蛇入国，厚蒙爵土。余有一蛇，弃于草莽。"文公感悟，派人去请介子推。介子推已经带着母亲隐居于绵山，使者放火烧山想逼他们出来，介子推母子抱树不出，最后被烧死了。晋文公十分伤感，便于这一天不再生火做饭，后来演变为寒食节。西汉大臣苏武字子卿，汉武帝时出使匈奴，被扣留十九年。后来汉朝又派遣使者出使匈奴。使者问起苏武，单于推脱说苏武已经去世了。与苏武同时被扣的汉朝官员常惠夜见汉朝使者，教使者对单于说汉朝皇帝射下一只足系帛书的大雁，知道苏武等人还活着。后来使者再次和单于提及此事，单于大惊，连忙送苏武等人回国。

宋洪皓出使金国时，金人迫使他投降刘豫。洪皓说："不远万里来出使，不能把二帝迎回去，恨不能诛杀刘豫，怎么肯侍奉他？我宁可被处死。"金人也被他折服，认为他是忠臣，将其扣留金国长达十五年才放回。田横，秦末起义首领，后占据齐地为王。汉高祖刘邦统一天下后，田横不肯臣服于汉，率五百门客逃往海岛。刘邦派人招抚，田横被迫与随从两人同往洛阳。途中田横耻为汉臣，自杀身亡。两个随从带着他的头来到洛阳，在田横被礼葬后，也自刎而死。田横在海岛上的手下，闻讯也都自杀身亡。

三国蜀汉大臣李平，字正方，与诸葛亮一道辅佐后主刘禅。一次，诸葛亮北伐魏国，因李平无法及时筹集粮草补给，就派人骗诸葛亮退兵。待诸葛亮领军回朝后，李平为推卸责任又假装惊讶地对诸葛亮说："粮草都已经齐备了，你为何退兵呢？"诸葛亮向后主刘禅出示李平的前后书信，于是将他贬为平民。后诸葛亮对人说："别人说李正方腹中有鳞甲，十分狡诈，想不到他还会狡辩。"子思向卫侯推荐苟变为将。卫侯说："我知道他是个将才，但他曾在征税的时候吃了老百姓的两个鸡蛋，所以不用他。"子思说："用人要取长弃短，现在天下纷争，大家都在挑选爪牙之士，如果只因为两个鸡蛋就毁弃一位能干的将军，千万别让邻国知道了。"卫侯说："我接受你的教诲。"

南朝宋明帝病重时，下令赐死王景文。敕令到达时，王景文正和客人下棋。他看完敕令后，继续下棋。一直到下完棋，他才平静地对客人说："皇帝敕令赐死我。"并拿出敕令给客人看，又举起宋明帝所赐的毒酒，对客人说："这壶酒不能劝客。"说完仰头喝下毒酒而死。战国末期秦太后与嫪毐私通，阴谋作乱。事发后，嬴政下令车裂嫪毐，把太后赶到雍地，并不准别人进谏此事，先后杀了进谏者二十七人。齐国人茅焦冒着被处以烹刑的风险进谏，向嬴政晓以利害后，就脱掉衣服表示愿意接受烹刑。嬴政被他的言行感悟，尊茅焦为上卿，并接回了太后。

西汉黄霸任颍川太守时，长吏许丞又老又聋，督邮建议黄霸免掉他。黄霸却说："许丞很廉洁，年纪虽老，但还能处理公务，耳聋一点儿，又有何关系呢？多次改换长吏，会有送旧迎新的麻烦。况且新上任的长吏又不一定贤能，这样做只会更乱。所以治理之道，除去太过分的人就可以了。"东汉末人丁仪，字正礼。曹操很欣赏他的才华，想把女儿嫁给他。儿子曹丕说："正礼有一只眼睛瞎了，恐怕您的爱女不喜欢他。"后来曹操与丁仪交谈一番，非常高兴，于是责备曹丕说："丁仪即使两只眼睛都瞎了，我也要把女儿嫁给他，何况他只瞎了一只眼呢？"

三国时东吴人阚泽，字德润，家境贫寒，十分好学。他曾受雇为人抄书，书抄完了，他也记住了书的内容。累官至太子太傅，朝中遇上重大仪式，或者碰上经典方面的问题，必定要向他咨询。汉严遵，字君平，曾在成都卖卦算命，每天挣一百文钱后就关门研读《周易》。有个富人资助他钱财，并劝他当官。他却说："益我货者损我神，生我名者杀我身。"始终没有出来做官。

马当山在江西彭泽，离南昌七百里。唐朝诗人王勃有一次南下探望父亲，晚上乘船经过马当山时，梦见水神对他说："我助你顺风一帆。"果然一路顺风顺水，第二天一早，船就抵达了南昌。恰逢都督阎伯屿重修滕王阁，大宴宾客。阎都督想趁机让自己的女婿显露一下文才，就叫女婿事先准备好序文，又在席间请大家作文，众人都不便说破。当时王勃年轻，毫不推辞。阎都督很不高兴，叫人监视王勃作文，想让王勃当众出丑。当王勃写到"落霞与孤鹜齐飞，秋水共长天一色"时，阎都督也不禁拍案叫绝，叹道："真是天才啊！"东晋袁宏曾受雇为人运货。某年中秋之夜，货舟经过牛渚，他在船上吟诵起他的咏史诗来。恰巧镇西将军谢尚听到吟诵声，觉得很有情致，便派人把袁宏迎上船来。两人谈得很投机，袁宏也从此名声日盛。

战国阴阳家的代表人物邹衍，他认为世道盛衰都随金、木、水、火、土五德转移。由于他的言论大多谈天论地，宏大而不合常理，所以世人称之为"谈天邹衍"。东汉桓荣博览群书，精通《欧阳尚书》，累官至太子少傅。有一次皇帝来太学听学者们辩论，赏赐他有帷盖的车子和马。桓荣召集所有学生，对他们说："我今天能得到厚赏，全靠稽古读书，你们怎能不好好读书呢？"

东汉学者赵岐因唐玹任京兆尹不是靠才能而是凭借宦官之力，屡次贬责他。唐玹十分恼火，要抓他治罪。赵岐逃至北海，以贩饼为生。孙嵩怀疑他不是一般人，就问他饼的价格。赵岐说："买三十，卖三十。"孙嵩于是知道他确实不凡，就用车把他载回。唐朝宰相李林甫见女婿郑平年纪轻轻就须发斑白，就对他说皇帝赐的甘露羹吃了就会须发变黑。第二天他将皇帝赏赐的甘露羹送给郑平吃了，一夜之间郑平的须发果真又变黑了。

东晋王羲之，字逸少。太尉郗鉴派门生到丞相王导府上选一个女婿，门生回去后对郗鉴说："王家的少年们都很不错，然而听说要挑女婿，都很拘谨。只有一位少年袒胸露腹躺在东床上吃胡麻饼，仿佛没听说这件事似的。"郗鉴听后说："这个就是我要找的女婿。"一问，那人是王羲之，就把女儿嫁给他了。北魏刘昞，随郭瑀学习。郭瑀打算在弟子中挑选女婿，于是设了一个讲席，对弟子们说："我有一女，想寻一个女婿，你们中谁能坐上这个讲席，我就把女儿嫁给他。"刘昞听后立即抖抖衣服，登上了讲席，神色坦然，说："能坐上这个讲席的非我莫属。"郭瑀于是把女儿嫁给了他。

唐代王勃六岁就能写文章，九岁就能指出颜师古给《汉书》所作注解的错误。与卢照邻、骆宾王、杨炯合称"初唐四杰"。很多人花重金请王勃写文章，人们称王勃"心织笔耕"。东汉大儒贾逵曾以教书为业，向他拜师求学的人络绎不绝，甚至不远千里而至。贾逵因此积粟满仓。有人说："贾逵的粮食不是靠力气得来的，而是靠不知疲倦地诵读经书得来的，他是在用舌头耕种！"

西晋学者郭象，字子玄，善于清谈。王衍曾说："每次听郭象清谈，就像悬河泻水一般，永远不会枯竭。"汉王刘邦与项羽交战，听说魏豹造反，自己无暇顾及，就让郦食其去婉言劝说魏豹投降。魏豹认为刘邦这个人太过傲慢，骂诸侯王就像骂自己的奴仆一样,他受不了所以拒绝归降。于是刘邦就派韩信发兵攻打并擒获了魏豹。

南朝齐高帝萧道成的儿子萧锋,四岁开始就勤练书法。五岁时,他的父亲让他练习一种凤尾字体的"诺"字,他一学就会。齐高帝十分高兴,赏赐他玉麒麟。南朝梁画家张僧繇的画,当时被称为丹青绝代。他曾在金陵安乐寺的墙壁上画了四条龙,但没有点上眼睛。有人问何故,他说:"如果画上龙的眼睛,龙会立刻飞走。"大家不信,再三要求他点上眼睛,他只好答应。果然刚刚点好两条龙的眼睛,那两条龙就击破墙壁,腾飞而去,还未点上眼睛的龙仍然在墙壁上没动。

唐太宗于贞观十七年(643)命画家阎立本在凌烟阁为开国功臣画像。画像者有长孙无忌、李孝恭、杜如晦、魏徵、房玄龄、高士廉、尉迟恭、李靖、萧瑀、段志玄、刘弘基、屈突通、殷开山、柴绍、长孙顺德、张亮、侯君集、张公瑾、程知节、虞世南、刘政会、唐俭、李勣、秦叔宝二十四人。秦王李世民因功封为天策上将,唐高祖准他开府设置官属。李世民于是开馆阁延请四方名士,以杜如晦、房玄龄、虞世南、褚亮、姚思廉、李玄道、蔡允恭、薛元敬、颜相时、苏勖、于志宁、苏世长、薛收、李守素、陆德明、孔颖达、盖文达、许敬宗十八人为文学馆学士,当时人称他们入馆为"登瀛洲"。

唐代卢携相貌丑陋。他曾献文章给尚书韦宙,以求得到举荐。韦宙说:"卢携虽然容貌不佳,但他的文章很有条理章法,日后定会显贵发达的。"后果然如此。西晋卫玠字叔宝,相貌秀美,心神清朗,人们称他为璧人。他的舅舅王济和他在一起时曾感叹说:"珠玉在旁,使我自觉形貌猥琐。"他又说:"与卫玠交游,好像明珠在旁,光彩照人。"卫玠后来移家建业,想一睹他的风采的人把道路挤得像墙一样水泄不通。不久卫玠就病死了,大家认为他是被众人给看死了。

唐代诗人顾况晚年时,儿子非熊病逝。他伤心不已,写诗哀悼。儿子非熊在冥间听到后就向冥王求情。冥王也很感动,便让他重新投生到顾况家。后来顾非熊两岁时,还能叙述自己在冥间听到父亲诵悼诗的情景。唐僧人圆泽与李源外出游玩。一次,圆泽指着一个正在河边汲水的妇人对李源说:"我死后将投生到这个妇人家里。婴儿出生三天后你去看,他会对你笑一下,证明就是我。十三年后的中秋月夜,我们在杭州天竺寺再见。"晚上圆泽果然圆寂了。十三年后,李源赴约,听到一位牧童敲着牛角唱道:"三生石上旧精魂,赏月吟风不要论。惭愧情人远相访,此身虽异性长存。"李源和他交谈,发现他果然知道圆泽的生前之事。

东晋官员王承,字安期。西晋灭亡后,他随晋室东渡长江。当时道路经常为战火阻断,人心惶惶。而王承却泰然处之,毫无忧色。等到了下邳,他登山远眺北方,感叹北方沦丧的故土,说:"人人都说忧愁,我到现在才感觉到忧愁。"西晋潘岳,相貌俊美,才名冠世,辞藻华丽。曾作有《西征赋》,叙述自己一路所见所感,以古讽今。

唐代隐士张志和,自称烟波钓徒。他钓鱼没有鱼饵,志不在鱼,而在陶冶性情。曾作有《渔歌子》词:"西塞山前白鹭飞,桃花流水鳜鱼肥。青箬笠,绿蓑衣,斜风细雨不须归。"元代陶宗仪,曾避难于华亭,耕种为生。耕作闲暇时常把自己的所感所悟记下来,写在叶子上,然后投入瓮中。时间一久,瓮中贮满,他将文字整理成书,题名为《南村辍耕录》。

战国时商鞅得到秦孝公重用。因为他是卫国人,所以大家也叫他卫鞅。有一次卫鞅率军伐魏,魏国公子卬率军抵抗。卫鞅写信给公子卬说:"我与您之前很要好,现在我身为秦将,不忍心攻打您,并想与您相见,以便商议罢兵停战的事宜。"公子卬信以为真,不作防备与卫鞅相见,结果被劫持,魏军大败。西晋名将羊祜镇守襄阳长达十年。他在驻地休养生息,开荒屯田,抚恤百姓,因此远近百姓都很爱戴他。当时与他对峙的吴国将领是名将陆抗,两人惺惺相惜,经常互派使者,互不侵犯。士兵曾经割了吴国的麦子,羊祜知道后派人计价偿还。要是猎物先被吴国人打伤跑到晋国境内,羊祜抓住后必定派人送还吴国。由于羊祜待人以诚,所以吴国人对他也十分敬重。

东汉大学者郭泰,字林宗。有一次他到陈地讲学,当地有一小童魏德公做他的侍从。一天,郭泰偶感不适,半夜令魏德公熬粥给他吃。魏德公煮好后,郭泰却责骂魏德公说:"你为尊长熬粥,粥中竟有沙粒,不能吃!"说完就把碗扔了。就这样反复三次,魏德公都没有显露出不快的表情。郭泰说:"今天我见到你的心了。"于是就向魏德公传授学业。南朝齐高帝一次宴请群臣,酒席上有一道菜叫羹脍。崔祖思说:"此菜南北都很推崇。"沈文季说:"羹脍是吴地的食物,崔祖思不懂。"崔祖思说:"炰(páo)鳖脍鲤,似乎没有在吴地诗歌中出现吧?"沈文季说:"那么'千里莼羹',和鲁、卫之地有什么关系呢?"齐高帝大笑,便认为莼羹还是应该给沈文季。

唐末李茂贞任凤翔节度使时，赋税繁苛，连居民点油灯都要征税。他甚至担心居民用松柴照明而使油灯税减少，而严禁松柴进城。当时有人讽刺他说："应该禁止月亮发光吧！"唐人阳城，字亢宗，任道州刺史时，治理民政如同治理家事，因此道州的赋税总是不能如数上交。上级多次催逼责备他。于是他给自己的政绩考核上写了批语道："安抚百姓，心力劳竭，而催逼赋税方面则政绩太差，考绩为下下等。"上级派人来督办他征税，他就自己住到监狱里睡在一张旧门板上。上级派来的人只好回去，后来再改派人来，一听说阳城的举措，半路上就回去了。

宋人徐大正，路过钓台时题诗一首："光武初征血战回，故人长短尚论才。中兴若起唐虞业，未必先生恋钓台。"苏轼见了此诗，就和他结交。徐大正曾筑室于北山之下，室名"闲轩"，当时人都称他为"北山学士"。战国时，齐国有位南郭先生，听说齐宣王喜欢听众人一起吹竽，他便混迹其中，滥竽充数。后来齐湣王继位，喜欢听独奏，南郭先生就连夜逃之夭夭了。

北魏温子升，字鹏举，博学善文。济阴王元晖业曾说："江左文人之中，宋有颜延之、谢灵运，梁有沈约、任昉，而我们的子升却足与他们媲美，甚至超过他们。"北朝薛道衡，曾出使南朝陈。他写了一首《人日》诗，前两句道："入春才七日，离家已二年。"南朝文人看后嗤之以鼻，都说："这是什么话！谁说这个蛮夷会写诗？"薛道衡接着又写道："人归落雁后，思发在花前。"南朝的文人看后都不禁赞叹："果然名不虚传。"

楚王聘请陈定为相，他高兴地对妻子说，当了国相马上就可以乘坐豪华的马车,享用精致的美食了。妻子说:"乘再高大的马车,也不过是容得下两膝那么大的位子;再多再精致的美食,也只能享受一腹之饱。你如果真做了国相,反倒要为楚国的前途担忧,一不小心性命都难保。"于是夫妻就此隐遁而去,替人灌园为生。宋人苏云卿在豫章东湖结庐而居,人称苏翁。一身布衣草鞋常年不换,种菜自给。大家都争着来买他的菜,因此他可以自给自足,甚至还有余财,便用来救济穷人。张浚请人送上书函财物邀他出山,后来去他家一看,书函财物都原封未动,人不知又隐居于何处了。

南朝齐张融曾乘船渡海到达交州,作有《海赋》,赋中说:"穷区没渚,万里藏岸。湍转则日月似惊,浪动而星河若覆。"给顾恺之看,顾恺之说太玄妙了,就是不通俗。张融马上写道:"漉沙构白,熬波出素。积雪中春,飞霜暑路。"北魏王肃作有《悲平城》:"悲平城,驱马入云中。阴山常晦雪,荒松无罢风。"彭城王元勰很欣赏这首诗,但一时口误,将"平城"说成了"彭城",引来王肃嘲笑。正当彭城王尴尬之际,在场的祖莹说:"也有《悲彭城》,王先生没见过罢了。"并当即念道:"悲彭城,楚歌四面起。尸积石梁亭,血流睢水里。"王肃听后大加赞赏,元勰也很开心。

北宋温国公司马光藏书万卷,虽早晚翻阅,但历经多年,书依然像没翻过一样新。他曾对弟子们说:"商人喜欢收藏财货,我喜欢收藏书籍。那些翻书不加爱惜的人,一看就是爱财货甚于爱书,这样的人其品行就可想而知了。"南北朝沈约发现了汉语中的四声,撰有《四声韵谱》,认为自己在声韵方面的造诣独步古今,这部书是神作。有一次梁武帝问周捨:"什么是四声?"周捨不假思索地回答:"天子圣哲就是平上去入四声。"

东晋许询,身体健康,行动敏捷,喜欢游览山水。当时人都说:"许询不仅有游览山水的情致,还有到达山水胜境的体魄。"南朝谢灵运喜欢探访名山奇景。为了登山,他制有一种特殊的登山木屐。他曾经率众从始宁南山伐木开路,直抵临海。跟他一起开山前行的人,前呼后拥达几百人,弄得临海太守还以为是山贼来了。

春秋时,孔子的弟子宓不齐担任鲁国单父宰。宓不齐拜当地五位贤人为师,并请他们分别治理地方事务,所以他身不下堂而地方却治理得很好。后来巫马期也担任单父宰,他不辞辛劳,事必躬亲,但治理的效果却和宓不齐差不多。于是去问宓不齐原因,宓不齐对他说:"我治理地方靠贤人,所以很轻松;你治理地方靠力气,所以很劳累。虽然取得了一定的成效,但达不到最好。"子推担任楚相时,将楚国治理得井井有条。孔子派人去了解他的治国之道,使者回报说:"子推的廊下有二十五位贤士,堂上有二十五位老人。"孔子说:"合二十五人的智慧,就会比商汤和周武王还要聪明;合二十五人的力气,就会比彭祖的力气还要大。用这样的方法,治理整个天下都足够了,何况只是楚国呢?"

北宋范仲淹,小时父亲去世后,他便随继父姓朱,后来考中进士,就恢复了原来的姓。他自嘲道:"志在投秦,入境遂称张禄;名非霸越,乘舟乃效陶朱。"当时人都觉得他说得十分风趣得体。北宋诗人潘阆,自号逍遥子。因受卢多逊案牵连获罪,躲藏于潜山山谷寺中做了一名行者。一次他在钟楼上题了两句诗："顽童趁暖贪春睡，忘却登楼打晓钟。"孙仅看到后说："这是逍遥子。"便叫寺里的和尚喊他出来，不料他已逃走。

五代陶穀，字秀实，曾为后周翰林学士。他买了太尉党进的一个家妓。一次叫她捧雪水烹团茶，问道："党家有这种风味吗？"那个家妓说："党太尉是个粗人，只知道在销金帐里浅斟低唱，饮羊羔美酒罢了。"东晋陶潜，字渊明，酷爱饮酒，公田里面一般都种上能酿酒的秫，有客人来访就摆酒招待。有一次他正在酿酒，恰好郡将前来探望。陶渊明顺手取下头上葛巾漉酒，漉好后将葛巾又戴在头上，然后接待他。

北魏刘白堕，善于酿酒。他酿的酒放一旬味道都不会变。如果喝这酒醉了，过一个月才会醒。因此很多人找他买酒，这个酒也声名鹊起，称为"鹤觞"。有一次青州刺史找他买酒，在回去的路上遇到强盗。就把刘白堕酿的酒给强盗喝了，强盗们醉得不省人事，全被抓了。当时人因此说："不畏张弓拔刀，惟畏白堕春醪。"魏晋刘昶，字公荣。性嗜酒，无论何人，他都愿意陪着一起痛饮。他曾说："酒量胜过我的，我不能不和他一起饮酒；酒量不如我的，我不能不和他一起饮酒；酒量和我差不多的，我也不能不和他一起饮酒。"

传说帝女令仪狄造酒，献给大禹。大禹喝酒后认为后世肯定有人会沉溺其中，并因此而亡国。因此很不开心，就疏远了仪狄，而且再也不饮酒。唐代政治家、宰相李德裕出身官宦世家，生活奢侈。他做宰相后很讲究饮食，他喝的水，专用无锡的惠山泉水。他每吃一碗羹，费用就需要三万钱。而且这个羹要以珍贵的食材煎熬三次,过滤掉渣滓才得一碗。

　唐玄宗的宠妃王氏,一次梦见有人召她去饮酒,便告诉唐玄宗。玄宗认为是术士所为,让她下次做个记号。王氏再次做这个梦时,便偷偷地在屏风上印了个手印。醒后经过四处查访,果然在东明观中发现了王氏的手印,才知道乃东明观的道士弄鬼,派人去追捕的时候,道士们早逃走了。西汉文学家、政治家贾谊年少多才,被汉文帝破格提升为太中大夫,引起老臣们强烈不满。汉文帝无奈,便让贾谊做长沙王太傅。有一天汉文帝忽然有关于鬼神的问题想不明,便立即召贾谊入宫,向他询问鬼神之事。谈至半夜,汉文帝听得入神,不知不觉朝着贾谊挪动了座位。

九　青

经传御史,偈赠提刑①。士安正字,次仲谈经②。
咸遵祖腊,宽识天星。景焕垂戒,班固勒铭。
能诗杜甫,嗜酒刘伶。张绰剪蝶,车胤囊萤③。
鹦鸰学语,鹦鹉诵经④。

〔注释〕

　①偈(jì):梵语"颂",为佛经中的唱词,后为宣传佛教思想的重要形式。提刑:宋朝官名。北宋时设立"提点刑狱公事"即提刑官,负责监察地方官吏,主管地方案件,接受民众上诉。

　②正字:官名。北齐始置,与校书郎同掌校雠典籍,地位略次于校

书郎。

③囊萤:捕捉萤火虫放在袋子里用以照明。后常用"囊萤映雪"一词来形容家境贫寒但勤奋刻苦。

④鸲(qú)鹆(yù):即八哥儿,一种能模仿人说话的鸟儿。

〔译文〕

《三字经》,明梁应井绘图,御史傅光宅作序。最初传说为南宋王应麟作,实际明清时期均有补作,近代章炳麟也曾重订。宋代官员郭祥正去拜访白云端禅师,禅师赠给他一佛偈:上大人,丘乙已。化三千,七十士。尔小生,八九子。佳作仁,可知礼。

唐代经济学家刘晏字士安,因天资聪颖、才华横溢被封为太子正字。某日,唐玄宗和他说笑:"你为太子正字,不知道纠正了几个字?"刘晏答道:"天下的错字都纠正了,只剩'朋'字没有纠正。"暗示唐玄宗朝中大臣结党营私,相互倾轧。东汉经学家戴凭,字次仲。精通《京氏易》。有一年元旦,光武帝在朝会上让群臣讲解经书,互相提问,答不上来就要将自己的坐席交给问倒他的人。戴次仲凭借自己的博学多才、能言善辩将坐席累加到了五十多层。

西汉时外戚王莽篡位后更改了每年的腊日,但官员陈咸仍然以西汉时的腊日为标准进行祭祀活动。有人感到疑惑,问他原因。陈咸回答:"我的祖先在王氏即位前就已经逝去了,怎么可能知道王氏规定的腊日呢?"于是依旧用旧时规定的腊日祭祀。汉武帝去甘泉宫祭祀,途中见到一个女人在渭水中沐浴,胸前乳房长得惊人。汉武帝感到非常奇怪，派人前去询问。女子回答说："皇帝车驾往后数的第七辆车中坐着的人知道我的来历。"大臣张宽正坐在那辆车中，他回答武帝："这是主管祭祀的天星，如果斋戒不严，女人星就会出现。"

宋人景焕著有《野人闲语》一书，里面载有后蜀孟昶立的《戒石碑》二十四句，如"尔俸尔禄，民脂民膏。下民易虐，上苍难欺。"用来告诫地方官员。东汉和帝时，窦宪率精兵万余北击匈奴。与北匈奴单于战于稽落山，大破匈奴，追击三千余里。于是登上燕然山，命班固刻石记功而还。

唐朝诗人杜甫，字子美。一生颠沛流离，目睹人间疾苦。他的诗歌内容丰富，沉郁顿挫，常流露出忧国忧民的思想，他被人们誉为"诗圣"，他的诗作被人们誉为"诗史"。魏晋时期，竹林七贤之一的刘伶，性嗜酒，曾因饮酒过度害了一场大病。他的妻子劝他戒酒，刘伶说："那你准备好酒肉吧，我来向神发誓戒酒。"妻子按照他的要求准备好了。刘伶向神跪下祷告说："上天生下我刘伶，酒是我的命根子。我一次要喝一斛酒，一共要喝五斗才能舒坦。那妇人的话可千万不能信啊！"说完，又喝酒吃肉，大醉一场。

唐朝有个名叫张绰的进士，懂得一些道术。有人请他吃饭，席间，张绰剪了几十只纸蝴蝶。只见他吹了一口气，纸蝴蝶竟成双成对地飞舞起来。东晋大臣车胤自幼好学，但家中贫寒，常无油照明，于是他就在夏夜里捕捉萤火虫用以照明，夜以继日地苦读。其学识与日俱增，最终有所成就，官至吏部尚书。

东晋将领桓豁的属下养了一只八哥儿，能学人说话。一次桓豁宴请宾客时，让这只八哥儿出来学客人们说话，每个人的声音都学得惟妙惟肖。其中有个人说话瓮声瓮气的，于是这只八哥儿就将头伸到了一只瓮里，这才发出他的声调，逗得来宾们纷纷大笑。曾经有人将一只鹦鹉送给了一位僧人，僧人便时常教它诵读经书。有时候它站在架子上一动不动，默不作声，有人问它在干什么，鹦鹉口吐人言："身心俱不动，为求无上道。"原来它在寻求无上道的真谛。

十　蒸

公远玩月，法喜观灯。燕投张说，凤集徐陵。
献之书练，夏竦题绫①。安石执拗，味道模棱②。
韩仇良复，汉纪备承。存鲁端木，救赵信陵③。
邵雍识乱，陵母知兴④。

〔注释〕

①绫：古代一种带有斜纹的丝织品，光滑柔软，质地轻薄。

②执拗(niù)：坚持自己的意见，固执任性。

③端木：指端木赐(前520—前456)，姓端木，字子贡。春秋末年卫国黎(今河南鹤壁)人，孔门十哲之一。信陵：指信陵君魏无忌(？—前243)，战国时魏国著名军事家、政治家，"战国四公子"之一。

④邵雍(1011—1077)：字尧夫，北宋著名理学家、诗人。与周敦颐、张载、程颢、程颐并称"北宋五子"。

〔译文〕

某年中秋夜，道士罗公远陪着唐玄宗一同赏月。罗公远将手杖向空中一扔,手杖便化作了一座银色的拱桥。玄宗与罗公远缓缓上桥,看到一座巍峨的宫殿屹立其上,原是月中广寒宫。到了广寒宫外,脚下是盛世繁荣,耳边有月宫仙娥演奏着袅袅仙乐,曲调清绝婉转,十分动人。唐玄宗后来便作了《霓裳羽衣曲》。有一年元宵节,唐玄宗问道士叶法喜:"哪里最值得观赏?"法喜答:"广陵。"于是便用道法幻化出一座彩虹桥,玄宗当即带着一行人上桥前往广陵。他们站在桥上俯瞰街市,只见灯火辉煌,一派盛世景象。

相传唐代政治家、宰相张说的母亲梦见一只玉燕从东南方飞来投入怀中,于是怀孕生下了张说。后来张说果然天资聪颖,不似常人,早年间参加科举时他的策论得了第一。南朝文学家徐陵的母亲怀孕时梦见了五彩祥云化作凤凰停在了自己的左肩上,后来生下徐陵。徐陵八岁就能作诗,被赞为"天上石麒麟"。

东晋羊欣十二岁时,一天穿着新做的白练裙午睡,王献之见到,便在他的裙子上写了几幅字。羊欣醒来后看到了这几幅字,非常高兴,时常模仿,于是书法水平与日俱增。北宋诗人杨徽之对大臣夏竦说:"别的我不懂,吟诗却很在行。我想向你求诗一首,为你预卜将来,行吗?"夏竦高兴地在绫上写道:"殿上衮衣明日月,砚中旗影动龙蛇。纵横礼乐三千字,独对丹墀日未斜。"杨徽之读后非常敬佩,感叹道:"您真是将相之才啊!"后来果然官拜枢密副使。

北宋政治家、文学家王安石生活简朴,又不拘细节。脸、衣服脏了都不洗,与人议论又固执己见,很多人认为他不近人情,是奸邪之人。司马光却对宋神宗说："王安石只是不明事理又为人执拗罢了。"王安石也被世人称为"拗相公"。唐代宰相苏味道怕惹祸上身，很少向皇帝提出自己的意见，他时常对别人说："处事不欲决断明白，若有错误必贻咎谴，但模棱以持两端可矣。"被人们戏称为"模棱手""苏模棱"。

张良祖上五辈都是韩国相国，秦灭韩后，张良想要复仇，却屡次失败。后来张良归附刘邦，进言献策，最终帮刘邦灭了秦朝。世人常说张良对国仇家恨谨记于心，一直在为韩国报仇而努力，最后终于大仇得报。三国时期蜀汉皇帝刘备自称是汉景帝之子中山靖王刘胜之后，是汉室正统。后来他称帝，也沿用汉朝国号，史称"蜀汉"。

春秋时，齐国将要攻打鲁国，孔子派弟子端木赐前去游说。端木赐为保卫鲁国，劝说齐国去攻打吴国，又请求吴国发兵攻打齐国，说服了越王发兵助吴攻齐，最终四国军队在艾陵大战，齐国大败。可谓是"使一人而动春秋"。战国时，秦军在长平之战中大破赵军，又围困了赵国都城邯郸，赵国向魏国请求增援。魏国公子信陵君让魏王妃子偷得兵符，最终率军解了赵国燃眉之急。

邵雍与朋友在洛阳游玩，散步时听到杜鹃啼叫，悲从中来，道："洛阳从未有过杜鹃，如今有了，往后就是多事之秋了。"果不其然，后来宋神宗任命王安石为宰相，大力推行变法，朝廷内部争端不断。楚汉战争时，王陵归附刘邦，立功无数。项羽忌惮王陵勇猛，把王陵母亲抓了起来，企图胁迫他归降。王陵派使者前去项羽军中，王陵的母亲说："告诉我儿，好好侍奉汉王，只有他才能一统天下，不要为了我产生异心。"遂自杀，后来王陵助刘邦建立西汉。

十一　尤

琴高赤鲤，李耳青牛。明皇羯鼓，炀帝龙舟^①。

羲叔正夏，宋玉悲秋。才压元白，气吞曹刘。

信擒梦泽，翻徙交州。曹参辅汉，周勃安刘。

太初日月，季野春秋。公超成市，长孺为楼。

楚丘始壮，田豫乞休。向长损益，韩愈斗牛^②。

琎除酿部，玄拜隐侯^③。公孙东阁，庞统南州。

袁耽掷帽，仁杰携裘。子将月旦，安国阳秋^④。

德舆西掖，庾亮南楼^⑤。梁吟傀儡，庄梦髑髅^⑥。

孟称清发，殷号风流。见讥子敬，犯忌杨修。

荀息累卵，王基载舟。沙鸥可狎，蕉鹿难求^⑦。

黄联池上，杨咏楼头。曹兵迅速，李使迟留。

孔明流马，田单火牛。五侯奇膳，九婢珍馐。

光安耕钓，方慕巢由。适嵇命驾，访戴操舟^⑧。

篆推史籀，隶善钟繇^⑨。邵瓜五色，李橘千头。

芳留玉带，琳卜金瓯^⑩。孙阳识马，丙吉问牛。

盖忘苏隙，聂报严仇。公艺百忍，孙昉四休^⑪。

钱塘驿邸，燕子楼头。

〔注释〕

①羯(jié)鼓:古代一种用公羊皮蒙面的鼓。腰部细。据说起源于羯族。

②斗牛:星宿名,指斗宿和牛宿。

③琎(jīn):李琎,唐睿宗李旦长孙,"让皇帝"李宪之子,封汝阳王。

④月旦:旧历中每月的第一天。一年有十二个月旦。

⑤西掖:唐朝中书省在宫城的西面,因此称中书省为西掖。中书省是唐代的决策机构。

⑥髑(dú)髅:多指死人的头骨。

⑦狎(xiá):亲近,接近。蕉鹿:柴草下盖着的鹿。蕉,通"樵"。

⑧嵇(jī):嵇康,字叔夜,三国时期曹魏思想家、文学家、音乐家,"竹林七贤"之一。因被钟会构陷而被司马昭处死,临刑前弹奏的《广陵散》成为千古绝响。

⑨籀(zhòu):周宣王时为史官。

⑩金瓯(ōu):一种盛酒的器具,用金子所制。

⑪孙昉(fǎng):字景初,北宋太医,自号"四休居士"。

〔译文〕

相传仙人琴高曾是宋康王的舍人,得道后在人间游历了二百余年,后来进入涿水取龙子,不久就骑着一条红色鲤鱼从水中出来了。因此,后人常将红色的鲤鱼看作仙人的坐骑。周人李耳眼见民不聊生,周朝气数已尽,就骑着青牛西出函谷关。关令尹喜望见有紫气至,知道有圣人来,于是要求李耳留下言辞,传其秘法。李耳写下《道德经》五千言后从此不知所踪。

唐玄宗精通音律,尤其好羯鼓不喜欢听琴。有人向玄宗献曲一首,玄宗还没等他弹完就把他赶走了,对随从说:"赶紧取来羯鼓演奏一番,好为我解解秽。"隋炀帝杨广荒淫无道,为了去江南巡幸,开通大运河。又让工人们建造了很多龙舟,富丽堂皇,极尽奢靡。等到真正出游那天,数万艘龙舟连在一起,队伍有二百里之长,排场空前。

　　帝尧曾经令羲叔观察日月星辰的变化规律,制出历法,以便民众进行生产活动。后来,又让羲叔前往交趾,核定仲夏的时间。战国时期,屈原被楚王流放后,文学家宋玉感怀自己与屈原同样生不逢时、报国无门的遭遇,作《九辩》抒发悲愤之情,首句"悲哉秋之为气也!"奠定了文章的悲秋主题,宋玉也被称为"千古悲秋之祖"。

　　唐代大臣杨嗣复宴请宾客,宴席上宾客们吟诗作对。杨汝士的诗最后写成,但是大诗人元稹和白居易看后都大惊失色,认为写得太好了。杨汝士十分开心,喝得酩酊大醉,散席回家后对家人说:"我今日压倒了元白。"元稹赞美杜甫的诗歌:"上薄风骚,下该沈宋,言夺苏李,气吞曹刘。"其中"曹"指曹植,谢灵运说他:"天下才有一石,曹子建独占八斗。""刘"指刘桢,曹丕曾称他:"其五言诗之善者,妙绝时人。"

　　刘邦建立汉朝后,封韩信为楚王。后来有人告发韩信谋反。陈平建议刘邦假意去云梦游玩,等韩信前来迎接时,当场擒获。后来韩信坐在囚车里说:"狡兔死,良狗烹;高鸟尽,良弓藏;敌国破,谋臣亡。天下已定,我固当烹!"后被贬为淮阴侯。吴国虞翻性格耿直,因触怒孙权,被流放到交州蛮荒之地。后来孙权决策失误，感叹若是虞翻在自己身边就好了。

西汉开国功臣曹参，后来继萧何为相国。他在任期间清静无为，所有的政策都按照萧何定下的政策来办，当时有"萧规曹随"的说法。刘邦临终时与吕后谈论朝中可用之材："周勃重厚少文，安刘氏者一定是周勃，可任命他为太尉。"后来吕后去世，外戚吕禄作乱，图谋篡位，最终被周勃诛灭。

三国时期曹魏大臣夏侯玄，字太初，为人如清风霁月，曾得"朗朗如日月之入怀"的赞誉。东晋大臣桓彝夸赞褚季野"皮里阳秋"，意思是他不说人家的是非，但心里却有一杆秤来评判优劣。

东汉张楷，字公超，通晓《严氏春秋》《古文尚书》，隐居于弘农山。因其学识渊博，慕名而来的人络绎不绝，他屡次搬家都没用，所住的地方总是热闹如街市。中唐时人孙长孺喜好藏书，"国之收藏书者，莫先焉"。他修建了一座藏书楼，被称为"书楼孙氏"。

战国时鲁人楚丘求见齐国孟尝君，想要为他效力。孟尝君瞧他年纪很大，就问："您一大把年纪了，还有什么能帮我的呢？"楚丘回答："我一把年纪，您如果让我骑马赶车、逐鹿擒虎，那肯定不行；但若是让我出谋划策，那我才刚刚壮年，哪里又老了呢？"孟尝君面露愧色。三国时北魏卫尉田豫上书辞官，司马懿觉得他身体很棒，还没到退休的时候。田豫说："年过七十而居官位，就像钟鸣漏尽而夜行不休，这是罪过。"就此辞官离去。

汉代隐士向长读《易经》的损、益卦感叹道："我如今已经知道富不如贫、贵不如贱，但死生之间又孰高孰低呢？"于是云游四方,不知所终。韩愈出生的时候星宿正在斗宿和牛宿之间,曾说:"我生之初,日宿南斗。牛奋其角,箕张其口。"描述当时星宿境况。

唐睿宗李旦的嫡长孙、汝阳王李琎嗜酒,别名酿王,曾说自己是酿王兼曲部尚书。人们称他是"饮中八仙"之一。汉代人王玄隐居山中,拒绝汉景帝请他出仕的诏命。汉景帝十分赞赏王玄高尚的节操,就地封他为侯,他居住的山也因此改名为侯山。

西汉平民公孙弘被汉武帝任命为丞相。他在任期间,广招贤士,谋议国事,为此还特地建造东阁供贤士们居住。东汉末年襄阳人庞统博学多才,司马徽在一次与他的交谈过后称他为"南州士之冠冕",庞统的名声才渐渐大了起来。

东晋名将桓温年轻时在外欠了很多赌债,求袁耽帮忙赢点钱回来。袁耽是赌博的行家,当时正在服丧,听说后立刻换掉丧服,把丧服的帽子塞在怀里,随桓温去赌场。桓温的债主只听过袁耽的名号,但没见过真人,说:"你总不可能是袁彦道吧?"几把过后,袁耽赢足了钱,把帽子往地下一扔,对债主说:"你这下可认识袁耽了吧?"张昌宗是武则天的男宠,一天,他在和武则天玩棋盘游戏时狄仁杰进殿奏事,于是武则天让他俩玩一把,赌注是张昌宗身上的裘袍和狄仁杰身上的紫色官袍。武则天开玩笑说:"狄仁杰,你知不知道他身上的衣服价值千金?用你的紫袍就想抵?"狄仁杰答:"这件紫袍是臣的官服,是无价之宝啊!"于是开始赌博。张昌宗输了,只得将价值千金的集萃裘给了狄仁杰。狄仁杰向来看不上媚君之人,一回家就将集萃裘随手赏给了一个家奴，狠狠羞辱了张昌宗。

　　东汉末年的许劭，字子将，喜欢品评人物，每个月月初都会和堂兄许靖重新评价别人，人称"月旦评"。大将军桓温北伐时打了败仗，不喜他人提及。史学家孙盛，字安国，著《晋阳秋》，被人称为"良史"，其中如实记载了桓温战败的事。桓温知道后大怒，威胁孙盛的儿子："我确实是打了败仗，但你父亲未免将我写得太过不堪，你看着办吧！"孙盛的儿子怕惹祸上身，只好将书中内容修改了。

　　唐朝宰相权德舆在德宗朝任知制诰，在西掖任职八年。晋代庾亮镇守武昌时夜登南楼，碰巧遇到下属殷浩等人也在赏玩吟咏，于是和他们一起吟诗作对、谈笑风生。

　　傀儡，即木偶戏。从汉代开始出现，到魏晋时盛行。唐代梁锽曾吟《傀儡吟》："刻木牵丝作老翁，鸡皮鹤发与真同。须臾弄罢寂无事，还似人生一梦中。"庄子道遇一具髑髅，对它发问一通后就枕着它睡下了。半夜，髑髅托梦给庄子，谈起了死亡的快乐："无君于上，无臣于下，也没有四季的劳作，自由自在地与天地齐寿、与日月共生，即使是做了王爷，乐趣也远不能与此相比。"

　　孟浩然是唐代著名的山水田园诗人，他的诗作清新自然，为人也不流世俗，被誉为"浩然清发"。东晋大臣殷浩度量清明、见识高远，被风流清谈者推崇，顾悦之在他逝后称赞他"德行纯良，学识广博，气度风雅，冠绝当时"。

　　东晋著名书法家王羲之的儿子王献之，字子敬，聪慧过人，但始终对樗（chū）蒲（pú）一窍不通。有一次，王羲之的几个门生聚在一起玩樗蒲,王献之凑过去观看,在一边指手画脚地说:"你恐怕要输了!"那个人瞥了他一眼道:"你小子看事情,怎么就像从一个管子里看豹子,只见得一个斑点?"王献之听了非常羞恼,丢下一句:"远惭荀奉倩,近愧刘真长。"便拂袖而去。东汉杨修为人直率又有才,所办的事情大多合曹操的心意。但后来曹操选定太子时,杨修恃才傲物乱揣摩,多次帮助曹植争夺权力,犯了曹操的忌讳,最终被曹操以"前后漏泄言教,交关诸侯"的罪名杀了。

春秋时期,晋灵公奢侈无度,下令建造一座九层琼台,还放言谁要阻止他就杀了谁。荀息为了劝服晋灵公,将十二颗棋子堆起来,再往上放鸡蛋,晋灵公直呼:"危险!"荀息说:"您建九层琼台,三年都还未完成,劳民伤财,如果此时敌国入侵,难道晋国不比这九个鸡蛋更危险吗?"晋灵公幡然醒悟,下令停止修建琼台。三国时魏主曹丕经常大兴土木,大臣王基上疏劝谏:"我魏国百姓就如同那海里的水,水能载舟,亦能覆舟,陛下三思。"以此来劝曹丕休养生息。

《列子》记载,有一个人天生与沙鸥十分亲近,每天都和沙鸥一起玩闹。他的父亲知道后让他抓一只回去给自己玩。第二天,这个人再去海边,沙鸥们却只在天上飞舞,再也不亲近他了。郑国有个人在野外砍柴,偶遇一只鹿,把它杀死了,又怕被人看到,就将鹿的尸体扔到壕沟里,用柴草盖得严严实实。但他不久后就忘记把鹿藏在哪里了,以为自己做了一场梦。别人听了他的话,找到了鹿。这个砍柴的人回家后却又梦见了藏鹿的地方,还梦到有人将鹿取走了。他感到不满,就一纸诉状将那个取鹿的人告上公堂,最后上官判决二人一人一半。后来郑君听到这件异事,笑道:"士师将复梦分人鹿乎?"

北宋黄镒七岁时还不会说话,他的家人非常忧虑。黄镒的祖父非常疼爱他,能教给他的东西都教他。一次,他的祖父将他带到水池边玩耍,说道:"水马池中走。"黄镒突然对出下联:"游鱼波上浮。"从此以后他就能说话了。周紫芝的《竹坡诗话》中说:北宋文学家杨亿开口很迟,家人为此十分着急。一天,他的家人抱着他登上高楼,忽然听到他像成年人一样喃喃自语,感到十分惊奇,于是戏谑道:"今日登楼,你能作诗吗?"杨亿随口就说:"危楼高百尺,手可摘星辰。不敢高声语,恐惊天上人。"不过周紫芝也指出,这首诗是李白作的,可能是好事者安在杨亿头上。

曹操南征时,知道江陵有重要的军事物资,为了先于刘备占领此地,曹操率领三千精锐走了一天一夜,行进三百多里地,最终取得先机,在长坂坡大败刘备。但后来赤壁大战中,曹军不敌孙刘联军,不得不退回北方,休养生息两年后才开始南征。大将军窦宪娶妻的时候,天下各郡都送来贺礼。汉中郡也要派人前去送礼,但李郃阻止说:"窦宪身为外戚,本应谨小慎微,但他却不修养德礼,反而骄横专权,早已引起皇帝不满。应尽量避免与他来往。"太守不听,坚持送礼,李郃只好说:"那让我去吧!"李郃在送礼的路上走走停停,时刻注意朝中形势。果不其然,李郃走到扶风的时候,窦氏一族就全部被处置了。而那些送礼的官员都被罢官,无一幸免,只有汉中郡太守逃过一劫。

三国时诸葛孔明发明了木牛和流马,用于为蜀汉大军运输粮草。后来诸葛亮在五丈原病逝后，木牛流马也失传了。燕国与齐国大战，齐国田单用火牛阵大破燕军：田单从城里收来一千多头牛，为它们穿上画有蛟龙图案的大红绢衣，然后将浇满油的芦苇绑在牛的尾巴上，点燃牛尾后牛群冲向燕军，燕军纷纷仓皇而逃，齐军乘胜追击，最终夺回失地。

汉元帝皇后王政君的五个弟弟在同一天封侯，史称"一日五侯"。这五侯之间虽为至亲，却互相看不顺眼，连彼此的宾客都针锋相对，只有息乡侯楼护很得他们的宠爱。于是五个侯爷争相给楼护送美酒佳肴，楼护将这些菜肴混在一起做成一锅大杂烩，取名为"五侯鲭"。五侯鲭集五家之众长，一时之间风靡京城。唐朝宰相段文昌是个美食家，他家里有个老婢女，精于烹饪，专门负责他的三餐膳食。曾有一百多个婢女向那个老婢女学习烹饪之法，但最终能掌握精髓的只有九人。

光武帝刘秀幼时同学严光，字狂奴。刘秀登基为帝后，严光整天以垂钓为乐。刘秀到处找他，多次派使者请严光出仕，都被他拒绝。后来去富春山隐居了。王莽登基后想请隐士薛方出山，薛方婉言拒绝道："尧、舜为帝的时候，巢父、许由这样有大才的隐士都没有出山，天下依旧海清河晏；如今您德比尧舜，请让我像巢父、许由那样隐居吧！"这话说得王莽大悦，于是就答应了。

三国时吕安和嵇康是知己好友，彼此思念的时候即使相隔千里也会命人驾车前往相会。一日，吕安上门拜访嵇康，碰巧嵇康有事外出了，于是他的哥哥嵇喜请吕安到家里坐坐。吕安门都没进，只在门上写了一个"凤"字。嵇喜看了非常高兴，以为吕安夸自己有非凡之姿。嵇康回来后却说："鳳字拆开就是凡鸟。"某日晚上下了大雪,王子猷在室内小酌,忽然非常思念戴安道,于是连夜乘船去剡溪看他。第二天早晨终于到了戴安道家门口,他却没有敲门,原路返回了,只是说："吾方乘兴而来,兴尽而返,何必见戴?"

周宣王命太史籀改革简化字体,太史籀根据乌篆字创造了大篆。三国时期魏国钟繇创造了隶书,还推动了楷书的发展,被称为"楷书鼻祖"。

秦朝覆灭后,东陵侯邵平被贬为平民,在长安城东以种瓜为生。他种出的瓜有五种颜色,被称为五色瓜,又称东陵瓜,非常受人欢迎,邵平也因此出名。三国时吴国李衡为官清廉,瞒着妻子派人到故乡种植了数千株柑橘树。他临终前对儿子说:"你的母亲不让我积累财富,所以家里穷到揭不开锅。我在家乡有千头木奴,不找你要吃穿用度,每年能得千匹绢,也足以维持生计了。"

李春芳是明代内阁首辅,有"青词宰相"之称。嘉靖年间,李春芳将要赶赴春闱。在上路的前一夜梦到兔子跳在地上变成了一只神鹿,被他一箭射中头颅。第二天回到祖籍地祭拜祖先,夜宿崇明寺。状元及第后写信给崇明寺主持,道:"年年山寺听鸣钟,匹马长安忆远公。异日定须留玉带,题诗未可着纱笼。"后来李春芳进入内阁,果然将玉带送到崇明寺。崇明寺还修建了一座"玉带楼"用以收藏。唐玄宗每次任命宰相都会先写好名字。有一次,他在纸上写下崔琳等人的名字,用金杯盖住,然后传召太子,问:"这里面是我属意堪为宰相的人,按你的想法,这会是谁?"太子作揖说:"这非崔琳、卢从愿二位大人不可。"

孙阳,春秋时期秦国人,天生善识马。某次,孙阳看见一头很不起眼的马拖着一辆盐车在赶路,那马一看到孙阳就嘶鸣不止。孙阳上前查看一番后发现这是一匹日行千里的好马,于是大哭起来,那马也跟着仰天长嘶。后来孙阳买下了那匹马,加以训练,将它改头换面后献给了秦王。那匹马在战场上立下赫赫功绩。丙吉是西汉宣帝时期的丞相,他体察民情,关心民间疾苦。一次乡间巡查时,遇到一群百姓斗殴,死伤的人躺在路边,对此丙吉不闻不问。后来又看到有人赶着一头气喘吁吁的牛,丙吉反而停车,细细询问。随行官员对丙吉前后的作为感到不理解,丙吉解释道:"百姓斗殴是长安令和京兆尹的分内之事,我作为丞相,只需考察百官政绩。但今日牛喘吐舌,表明气候反常,这关系到国计民生,是天下大事,我有责任了解清楚。"

三国时期,凉州刺史梁鹄想杀害苏正和,于是就去找好友盖勋商量。盖勋与苏正和有旧怨,有人知道了消息,劝盖勋趁此机会一报旧仇,盖勋断然拒绝,说:"杀害贤良,是为不忠;乘人之危,是为不仁。"后来梁鹄在盖勋的劝导下放过了苏正和。苏正和知道了前因后果,上门拜访盖勋,想要感谢他的救命之恩。盖勋避而不见,说:"我并不是为了你,只是为了梁鹄着想。"对苏正和仇恨不减。聂政是韩国勇士,当时韩国大夫严仲子与相国侠累积怨已久,严仲子想请聂政杀死他。聂政的母亲大寿时,严仲子带着百镒黄金上门祝寿,并找聂政说明了来意,但聂政以老母尚在人世,仍需自己尽孝膝前的理由拒绝了。等到聂母仙去后,聂政闯入相府刺杀了侠累,然后毁容自杀了。后来他的姐姐来相府认领尸体,为了弟弟的清名也自尽于旁边。

张公艺,活了九十九岁,前后历经北齐、北周、隋朝、唐朝,是中国古代著名的寿星,也是治家有方的典范。他家九代同居,唐高宗曾问他治家之术,张公艺在纸上写了一百多个"忍"字作为回答。北宋孙昉,字景初,自号四休居士。著名文学家黄庭坚住在乡下时和孙昉为邻居,他曾问"四休居士"的来历,孙昉回答说:"粗茶淡饭饱即休,补破遮寒暖即休。三平二满过即休,不贪不妒老即休。"

后周年间,翰林学士陶谷出使南唐,神情傲慢,不苟言笑。南唐宰相韩熙载为了揭开他的真面目,找了位名叫秦弱兰的妓女假扮成驿卒之女去引诱陶谷。佳人在前,陶谷果然上当,写了首艳词《春光好》赠予秦弱兰。几天后,南唐中主李璟宴请来使,将秦弱兰唤到席间吟诵了《春光好》,众宾大笑。陶谷羞惭得无地自容,从此不再作傲慢状。唐朝贞元年间,张建封去世,他的宠妾关盼盼不肯改嫁,独自住在张建封生前为她建造的燕子楼上。十年后,白居易为关盼盼的忠贞所感动,作诗曰:"歌舞教成精力尽,一朝身去不相伴。"关盼盼知道后坠楼而死。

十二 侵

苏耽橘井,董奉杏林①。汉宣续令,夏禹惜阴。
蒙恬造笔,太昊制琴②。敬微谢馈,明善辞金。
睢阳嚼齿,金藏披心③。固言柳汁,玄德桑阴。

姜桂敦复,松柏世林④。杜预传癖,刘峻书淫。

钟会窃剑,不疑盗金。桓伊弄笛,子昂碎琴。

琴张礼意,苏轼文心。公权隐谏,蕴古详箴。

广平作赋,何逊行吟。荆山泣玉,梦穴唾金。

孟嘉落帽,宋玉披襟。沫经三败,获被七擒。

易牙调味,钟子聆音。令狐冰语,司马琴心。

灭明毁璧,庞蕴投金。左思三赋,程颐四箴⑤。

陶母截发,姜后脱簪。

〔注释〕

①杏林:用以称颂医生,医家常以"杏林中人"自居。

②蒙恬(?—前210):姬姓,蒙氏,名恬,齐国蒙山(今山东临沂)人,秦朝名将。传说曾改良毛笔,被称为"笔祖"。

③睢(suī)阳:古城,今河南商丘。

④姜桂:比喻人年纪越大性格越刚直。松柏:松树和柏树,都是坚强不屈的象征。

⑤程颐(1033—1107):字正叔,洛阳伊川(今河南洛阳)人,世称伊川先生,北宋理学家,与兄程颢并称"二程"。

〔译文〕

　　苏耽在汉文帝时就参悟大道,人称"苏仙"。他十分孝顺母亲,将要飞升时预测出两年后将要暴发瘟疫,就为母亲种植橘树,凿了一口井,交代道:"食橘一叶,饮水一盏,就可以自愈。"

两年后郴州果然暴发瘟疫，一时间病死无数。苏母将橘叶和井水赐给前来求药的人，他们的病都迅速痊愈了。三国东吴名医董奉，少年学医，青年得道归隐，为人治病从不收取钱财，只让生重病的人痊愈后在山上种植五棵杏树，患轻症的人则种植一棵。几年之后，俨然已经有上万棵树，长成了一片杏林。董奉还经常用成熟的杏子换来谷物以赈灾济民。

汉宣帝曾选拔出四名通晓经书及阴阳的人，让他们主管四时之令。夏禹曾说人应当不爱直径达一尺的玉璧，而应珍惜每一寸光阴。

传说秦国将领蒙恬出征时以枯木为管，用山羊毫制成毛笔。传说上古时期太昊金天氏用桐木做琴轸、用缫丝做琴弦制出了古琴。古琴以五弦象征五行，琴长三尺六寸六分，象征每年三百六十六日，宽六寸，象征六合。

南北朝时的宗测，字敬微，性静，不喜人间俗事。他将要去名山云游时，只拿了《老子》《庄子》两本书随身携带，安陆王萧子敬和长史刘寅送他钱物，他拒绝不受。元朝仁宗命一位蒙古大臣为正使、元明善为副使出使交趾国。回国前交趾国赠金为礼，正使以及其他官员都欣然接受，只有元明善不接受。国王问他原因，他说："正使接受是安贵国之心，我不接受是全大国之体统。"

安禄山叛乱时，张巡率领几千兵士死守睢阳城，每次作战都大声呼喊，目眦尽裂，齿牙皆碎。武则天称帝后将睿宗李旦降为皇嗣，赐居东宫。魏王李承嗣想成为太子多次陷害李旦，指使人向武则天密告皇嗣谋反。在来俊臣的严刑拷打之下，李旦身边的人"皆欲自诬"，危急关头，安金藏以死抗争，高呼："皇嗣没有谋反！我可以剖心作证。"于是用刀剖腹，五脏尽出。武则天很感动，便不再怀疑太子了。

唐代李固言，曾在柳树下听见弹琴声，就问是谁。柳树回答说："我是柳神九烈君，已经用柳汁染蓝你的衣服了，你一定会登科及第。如果做了状元，就拿枣糕来祭祀我吧！"当时状元袍是蓝色的。不久以后李固言果然状元及第。刘备，字玄德，他家东南角种有桑树，高五丈多，远远看去像是车盖。刘备小时候曾与孩子们在树下嬉戏道："我必能乘此羽盖车。"同县人李定说："此家必出贵人。"

宋代晏敦复担任左司谏时，驳论二十四事，朝野敬畏，高宗夸他"鲠峭敢言，可谓无忝尔祖矣"。绍兴八年，金朝想与南宋议和，要求南宋君臣拜接诏书，秦桧一党都赞同，派亲信暗中拉拢晏敦复，许以高官厚禄。晏敦复说："我如姜桂之性，老而愈辣，怎么能为自己的前途而误国呢？"坚决不依附秦桧，始终反对屈辱之举。东汉末年宗世林品行高尚，瞧不起曹操，坚决不与他往来。曹操做司空后独揽朝政大权，问他："可以交个朋友吗？"宗世林说："松柏之志犹存。"

西晋政治家、军事家杜预精通《左氏春秋传》，自称有"《左传》癖"，所著《春秋左氏经传集解》是现存最早的《左传》注解。南北朝时刘峻痴迷读书，点灯夜读，通宵达旦。清河崔慰祖称他为书淫。后来用"书淫"称嗜书成癖、好学不倦的人。

三国时期北魏将领钟会是济北公荀勖的舅父，钟会善书法，荀勖善绘画，两人之间有嫌隙。荀勖有一把价值连城的宝剑，通常交给母亲钟夫人收藏。钟会模仿荀勖的笔迹，写信给荀勖的母亲把宝剑骗取到手后不还。荀勖知道后想要报复，恰巧钟会和兄弟斥巨资造了一座宅院，刚刚落成，他们还没来得及搬箱入住，荀勖就偷偷在门上画了一幅钟氏兄弟之父钟繇的画像，他们见到后十分悲痛，从此将其置为空宅。西汉御史大夫直不疑做郎官时，有同舍请假回家，临行前错拿了别人的黄金。丢金子的人怀疑是直不疑偷的，直不疑也不辩驳，道了歉后就拿了自己的黄金还给他。同舍的人回来之后，把错拿的黄金物归原主，失主至此才明白真相，称赞直不疑性情忠厚。

东晋音乐家桓伊笛声一绝，有"笛圣"的美名。当时名士王徽之正赶赴京师，在船上看见桓伊从岸上经过，对他说："听说阁下擅长吹笛，请为我吹奏一曲。"二者素不相识，且桓伊当时已名扬天下，但他仍立即吹奏了三曲，正是《梅花三弄》。唐代诗人陈子昂最初入京时不为人知，用一千缗钱买了一把胡琴，围观的人感到惊异，陈子昂说："我擅长演奏胡琴，这琴品质上佳。"于是众人要求他演奏一曲，陈子昂却说道："今日就算了，明日再演奏，请大家赏脸前来。"第二天观众如期而至。陈子昂笑着说："陈子昂有文章百篇，却得不到赏识。至于胡琴，是低贱的伶人演奏的东西，哪里值得我耗费心力去钻研呢?"于是将胡琴摔碎，把文章发给在场宾客，一时之间，名动长安城。

春秋时期人琴牢，字子张，与子桑户、孟之反三人是莫逆之交。子桑户死后，孔子令子贡去帮忙料理丧事，看见琴牢和孟之反正相和而歌："嗟来桑户乎! 而已反其真，而我犹为人猗。"便上前严肃地问："在已逝之人面前弹奏演唱，这是什么礼?"两人笑道:"您熟悉礼法,却不知道其中真意啊!"子贡回去询问孔子,孔子感叹道:"天之小人,人之君子;人之君子,天之小人。他们是世俗之外的人啊!"北宋文学家苏轼认为作文在于尽心意,心意所到之处笔力曲折,世间乐趣不过如此。

柳公权是唐朝大书法家,自创"柳体"。唐穆宗曾问他书法的精髓,柳公权回答:"用笔在于心正,心正则笔直。"当时唐穆宗"宴乐过多,畋游无度",柳公权意在婉言劝谏。唐代官员张蕴古为规劝皇帝,上奏《大宝箴》,其中有"故以一人治天下,不以天下奉一人"的名句。后唐太宗将其更改为帝王自我砥砺的名句:"惟以一人治天下,岂为天下奉一人。"

宋璟,字广平,是唐代名相。他曾作《梅花赋》来表明自己节操永固的心志。后来晚唐皮日休仿照《梅花赋》作了《桃花赋》,抒发自己由于时运不济而困顿失意的不平。南朝梁诗人何逊担任扬州法曹时经常在梅树下吟诗,借梅花之傲骨比喻自己坚韧的意志力,表明自己虽仕途不顺,但依然不会向现实屈服的高尚品格。后来他被调往别地,因为太过思念那株梅树,就请求再调回扬州。

春秋时期楚国玉工卞和从荆山找到一块璞玉,认为是无价之宝,于是献给楚厉王。但宫里的玉工却说它是石头,楚厉王以为自己被戏弄了,就砍去了卞和的一只脚。后来楚武王继位,卞和又将璞玉上献,又被砍掉一只脚。没了双脚的卞和在荆山下抱着那块璞玉痛哭不止,以至双目流血。楚文王继位后,得知此事,问卞和为何哭得那样伤心,卞和回答:"我不是伤心自己遭此不幸,而是伤心璞玉被当成石头,忠贞之士被诬陷成骗子啊!"楚文王让人剖开璞玉,果然是一块不可多得的美玉。后来就把这块美玉雕成的玉璧命名为和氏璧。有个船夫遇到一个穿着黄衣、挑着黄瓜的人搭船。到了山崖之下的梦穴,那人在船上吐了一口唾沫后就进入了梦穴。船夫感到惊异又生气,但当他转身再去看船上的唾沫时,竟都变成了黄金。

东晋人孟嘉是陶渊明的外祖父,曾经做过大将军桓温的参军。有一年重阳节,桓温宴请官员们登山赏菊,突然一阵风吹掉了孟嘉的帽子,但孟嘉没有察觉。桓温趁着孟嘉上厕所的功夫命文人孙盛写了一篇文章嘲笑孟嘉,将其压在孟嘉的帽子下。孟嘉看到后当即作诗回复,文辞卓越,广为传颂。屈原的学生宋玉作《风赋》,提到楚襄王在兰台游玩,宋玉随同前往。一阵风刮过来,楚襄王敞开衣襟说:"这风真爽快!我与百姓同享这清风。"宋玉说:"这是您的风,平民百姓怎能和您同享呢?"楚襄王询问其中缘故,宋玉答道:"风的性质根据它所处环境的不同而产生变化。大王居高阁之上,所吹的风让人身心安宁;平民百姓居住在穷巷之中,风吹起来漫天灰尘,轻则让人心烦意乱,重则让人生病发烧。他们感受到的雌风怎么能和您感受到的雄风一样呢?"

春秋时期,鲁国有个大力士叫曹沫。鲁国在长勺之战大胜后就节节败退,曹沫曾带领鲁国军队与齐军交战,三战三败,最后鲁国不得不献上土地求和,双方在柯地会盟。即将达成协议时,曹沫手持匕首劫持齐桓公,说他恃强凌弱,要求他将侵占的土地尽数归还。齐桓公当时答应了。事后,齐桓公想毁约,但被管仲制止,将土地如约归还。三国时南中一带少数民族首领孟获追随雍闿造反，诸葛亮奉命征讨南中，听说孟获深得当地民心，于是七次擒获他又七次释放他。最后一次释放他时，他称诸葛亮是天威，心服口服，于是归附了蜀汉。

春秋时期齐国大臣易牙是一个善用调和之法烹饪的庖厨，是厨师的祖师爷。齐桓公说："我尝遍天下美味，但就是没吃过蒸婴儿，遗憾啊！"本是一句戏言，但易牙为了讨好齐桓公，将自己年仅四岁的幼子蒸了献给齐桓公，从此博得桓公信任，成为宠臣。春秋时期楚国人俞伯牙善于鼓琴，他的朋友钟子期善于欣赏琴音，二人互为知音。伯牙弹琴时志在高山，子期听后说："善哉乎鼓琴，巍巍乎若太山！"志在流水，子期听后说："荡荡乎若流水！"后来钟子期逝世，俞伯牙认为没有人再能听懂他的琴音，于是摔碎琴，从此不再鼓琴。

西晋孝廉令狐策梦见自己立在冰面上与人说话，就问索统。索统说："冰上为阳，冰下为阴。为阳语阴，就是做媒功成。"果然太守田豹通过令狐策求娶张公征的女儿为妻，仲春成婚。古时称冰人为媒人。汉代司马相如和王吉应邀到卓王孙家中做客，恰逢卓王孙的女儿卓文君寡居在家。司马相如为众人弹奏《凤求凰》，卓文君被他的风度和才情所吸引，互通情意。后来二人夜间私奔。

孔子的弟子澹台灭明为人正直坦荡。他带着价值千金的璧玉渡河，河神见财起意，兴风作浪，派两条蛟龙攻击小船。澹台灭明说："可以义求，不可威劫。"于是斩杀河中蛟龙后将璧玉扔往河中，"毁璧而去"。庞蕴是中唐时期禅门第一居士，临终前大彻大悟，将家财金帛装在船上，悉数沉入海底，并交代刺史于颐做人要能够断舍离。

左思是西晋著名文学家,作《三都赋》,构思十年终于著成,人们诵读之后感到日久而意深,于是争相传抄,造成"洛阳纸贵"的盛况。宋代程颐将孔子的"非礼勿视,非礼勿听,非礼勿言,非礼勿动"加以发展,总结出视、听、言、动四字箴言用以自我告诫,以示非礼不为。

东晋名将陶侃自幼受母亲湛氏教诲。父亲死后,家徒四壁。一天,名士范逵来拜访陶侃,陶母不愿因为家贫而失了礼数,她把自己睡的草席剁碎了给范逵的马做草料,又背着众人剪掉了自己的一头长发,换回一桌酒席,款待范逵一行。范逵知道这一切后,感叹道:"有这样伟大的母亲才会有这么优秀的儿子啊!"于是举荐陶侃为孝廉。陶侃也不负众望,后因功官至太尉,封长沙郡公。周宣王曾经贪睡懒觉,不愿早朝。姜后卸掉发簪和耳环,穿着布衣来到宫内监禁犯人的地方待罪。她请随侍的宫女回去告诉宣王,说:"这一切都是她的过错,不该使君王贪图美色而忘了自己该做的政事,以至于破坏了国家正常的秩序,日上三竿还不起床。"周宣王听后惭愧,自此不再贪图享受,终于成就了中兴盛世。

十三　覃

达摩面壁,弥勒同龛①。龙逢极谏,王衍清谈②。
青威漠北,彬下江南。遐福郭令,上寿童参。
郗愔启箧,殷羡投函③。禹偁敏赡,鲁直沉酣④。

师徒布算，姑妇手谈⑤。

〔注释〕

①弥勒：佛教菩萨名，释迦牟尼预言他会成佛。龛(kān)：供奉神佛像或祖先牌位的小阁子。

②清谈：盛行于魏晋时期崇尚老庄、空谈玄理的风气，后泛指一般不切实际的言论。

③郗(chī)愔(yīn)：字方回，东晋太尉郗鉴长子，王羲之妻弟。官至平北将军、徐兖二州刺史。

④禹偁(chēng)：王禹偁，字元之，北宋政治家、文学家。因敢直言讽谏，屡受贬谪。

⑤布算：布筹运算，有时也指卜卦推算。手谈：即围棋对弈。双方下棋时默不作声，只以落子进行交流。

〔译文〕

　　达摩是天竺僧人，禅宗的创始人。南朝梁时坐船三年来到中国。当时梁武帝信奉佛教，亲自迎接他，但二人对教义的见解大相径庭。于是达摩离开了梁朝，渡江北上，去往北魏嵩山少林寺，在那里面壁九年，修性坐禅。唐代大书法家褚遂良给一个佛家子弟写信说道："法师道体安居，深以为慰耳。复闻久弃尘滓，与弥勒同龛，一食清斋，六时禅诵，得果以来，将无退转也。"意思是您抛弃尘世，和高僧一起修行，每日斋戒，按时诵经，长此以往，必定能修得大道。

　　关龙逢，夏朝贤臣。当时夏桀荒淫无道，关龙逢不忍看百姓受苦,冒死进谏道:"为君者应当爱民惜才,以身作则,厉行节俭。如果再不悔改,恐怕江山将要倾覆。"夏桀听后大怒,将关龙逢以酷刑处死。西晋末期政治混乱,以宰相王衍为代表的官员名士们却依旧醉心于清谈,崇尚虚无,对国家政事漠不关心。石勒俘虏西晋君臣后,曾问王衍晋朝衰乱的原因,王衍却说自己从小就不管世事,一切与自己无关,石勒不喜,半夜推倒屋墙将其压死。

　　西汉名将卫青是汉武帝皇后卫子夫的弟弟、骠骑大将军霍去病的舅舅。他一生多次征讨匈奴,将匈奴赶往漠北地区,从此"漠南无王庭",在匈奴人心中留下赫赫威名。北宋开国名将曹彬奉命出征金陵,将要攻克金陵的时候曹彬突然称病,众将领大惊,纷纷前来探望,希望他能早日痊愈。曹彬说:"我的病药石无医,但如果诸位发誓战争期间不乱杀人,我就能好。"众人焚香立誓,并且照做,不屠戮百姓一人。

　　唐朝名将郭子仪在七夕夜遇一神女,称他是富贵长寿之人。后来郭子仪做了二十四年中书令,活了八十五岁,被封为汾阳郡王,八子七孙都是朝廷显贵。一生"权倾天下而朝不忌,功盖一代而主不疑"。他病逝后,追赠太师,陪葬皇陵,配享太庙。德宗皇帝还辍朝五日,让群臣上门吊唁,更是违反祖制,亲自扶棺送葬,将郭子仪的坟墓加高了一丈。北宋童参是有名的长寿老人,隐居农耕。在他一百〇二岁时,宋仁宗为表嘉奖,授承务郎。

　　东晋大臣郗超是大臣郗愔的儿子,曾与桓温密谋造反。临死前,担心父亲悲伤过度,把一个匣子交给门生,交代说:"如果我父亲悲痛过度,就把这个匣子给他;如果不是这样,就把它烧掉。"后来，郗愔果然悲痛欲绝，身体每况愈下。门生就将匣子奉上。郗愔一看，里面都是郗超和桓温的密信，意图谋反篡位。因此大怒："这小兔崽子死得晚了！"于是不再哀痛。东晋殷羡被封为豫章太守，将要赴任时，很多在京城的豫章老乡都托他带信给家里人，共有一百来封。行至石头城，殷羡将这些信都丢到水里，说："沉者自沉，浮者自浮，殷羡不能做替人送信的邮差。"

北宋大臣王禹偁从小机敏博学，九岁能文，少时便以"蜘蛛虽巧不如蚕"对毕世安"鹦鹉能言争似凤"而知名。《宋史》评价他："禹偁词学敏赡，遇事能言，喜臧否人物，以直躬行道为己任。"黄庭坚，字鲁直，沉醉于经书史籍，所作诗文不凡。曾说："士大夫多日不读书，礼法道义就不能融会贯通，对着镜子会觉得面目可憎，与人说话则庸俗乏味。"

唐代僧人一行到天台国清寺求师问道，见院内环境清幽，有古松十多棵，门前有流水，站在门口听见门内有僧人在布筹运算说："今天有弟子远来，应该在门外。"又拿一算筹，说："门前水当西流。"僧一行进去，水果然西流，于是叩拜僧人为师。唐代围棋手王积薪跟随唐玄宗西行出游，借住在农家。晚间，听见婆媳二人下棋，室内没有点烛，只靠说话对弈。最后婆婆说："你输我九子。"次日，王积薪向二人求教，婆婆传艺于他，他的棋艺愈发精进。

十四　盐

风仪李揆，骨相吕嵩[①]。魏牟尺缒，裴度千缣[②]。

孺子磨镜,麟士织帘。华歆逃难,叔子避嫌。

盗知李涉,虏惧仲淹③。尾生岂信,仲子非廉。

由餐藜藿,鬲贩鱼盐④。五湖范蠡,三径陶潜。

徐邈通介,崔郾宽严。易操守剑,归罪遗缣。

〔注释〕

①嵒:古岩字,通"严"。吕岩即吕洞宾。

②尺缎(xǐ):尺帛,长一尺的帛。缣(jiān):古代双经双纬的粗厚织物,多用作赠礼或谢礼,亦可用作货币或纸张。

③虏:古时对北方外族的蔑称。此处指西夏人。

④藜藿(huò):粗淡的饭菜;又指贫贱的人。鬲(gé):胶鬲,殷商时人。孟子所谓"举于鱼盐之中"说的就是此人。

〔译文〕

唐大臣李揆风度仪态上佳,善于属文。唐肃宗问他:"卿门地、人物、文学皆当世第一,信朝廷羽仪。"因此有"头头第一"的说法。唐末吕岩生于天宝十四年,马祖见到尚在襁褓中的吕洞宾时说:"此子骨像不凡。"后来吕洞宾四十岁游庐山,遇火龙真人,得传天仙剑法;六十四岁时遇钟离权,得传道法。此后普度众生,位列天下剑仙之首。

战国时期魏国公子牟游经赵国时,赵王出来迎接他。行至殿内,赵王吩咐一个工匠做帽子,而后请教魏牟一些治国之道。魏牟对赵王说:"如果您看重国家就像珍视这做帽子的绸缎一般,国家就能长治久安。"赵王问道:"做帽子的绸缎怎么能和治国大事相提并论呢?"魏牟道:"您为什么从不让侍从为您做帽子,而是挑选技艺精湛的工匠?还不是怕他们做坏了。现在您治国不选贤才,而全凭自己的喜好命宠臣处理国家大事,这不是把国家看得还不如做帽子的绸缎吗?再说您的先祖重用人才,足以和强秦一较高下。现在您重用小人,还妄想和强秦争雄,恐怕会因此亡国!"唐代名相裴度曾修缮福先寺,写信给白居易,想请他写碑文,皇甫湜大怒:"我就在你旁边,我的文章是阳春白雪,而你却想请那个下里巴人,你是不是看不起我?"于是裴度请他写碑文三千字。给的报酬他嫌少,要求一字三匹绢,减五分钱不得。裴度说:"不羁之才,应当付足。"

汉代徐稚,字孺子,曾被黄琼举荐做官,虽谢绝,但始终谨记黄琼的恩情。黄琼去世后,徐稚去江夏参加黄琼的葬礼,因为身无分文,就沿路替人磨镜赚取路费前往。到了江夏,徐稚悲恸大哭,但不通姓名,众人都感到怪异。南北朝时,大教育家沈麟士幼时家境贫寒,于是一边织帘以补贴家用,一边琅琅诵书,手口不息。同乡称呼他"织帘先生"。

东汉末年,名士华歆和王朗一起乘船避难。有一人苦苦相求,想要搭船,华歆有些犹豫,王朗却说:"地方还很充足,你上来吧!"后来贼兵追了上来,王朗担心被抓住,就想要抛弃那个人。华歆说:"我最初犹豫不决,就是担心出现这个情况。但既然他已经将性命托付给我们了,我们又怎能因形势危急就言而无信呢?"于是依旧带上那个人一起逃难。春秋时鲁国颜叔子洁身自好,独居一室。一天晚上下起了大雨,隔壁女邻居家的房屋倒塌,就到颜叔子家里避雨。颜叔子让她手持蜡烛,蜡烛烧完后，又点起火把，这样一直到天亮，以避嫌疑。

　　唐代诗人李涉，一次遇到一群劫匪。劫匪们知道他是李涉后就说："既然是李博士，就不抢夺钱财了，您诗名远扬，还请您赠我等一首诗吧！"李涉随即写下绝句："暮雨潇潇江上村，绿林豪客夜知闻。他时不用逃名姓，世上如今半是君。"范仲淹曾戍边西北，筑城修寨，知人善任，赏罚分明，使西北军事防务形势逆转，西夏人闻之胆寒。都说："小范老子胸中有数万甲兵。"

　　春秋时期鲁国尾生高与一女子相约在桥下相会。后来女子迟迟未到而洪水来临，尾生不愿失信，就一直于桥下抱柱等待，最终丧命。战国时期齐国隐士陈仲子出生于世家大族，哥哥是齐国的卿大夫，有万钟俸禄。但陈仲子知道哥哥收受贿赂，得不义之财，于是背弃兄长和母亲，带着妻子离开去隐居了。孟子认为陈仲子当受不受，是为酸腐，并非真正的廉洁。

　　孔子的弟子仲由，字子路。年轻时家贫，只能吃藜藿果腹，还到百里之外去向亲戚借米，为父母做饭。后来子路发达了，父母却已经去世，自己再想给父母背粮食都不行了。商纣时，贤人胶鬲为躲避战乱，隐匿于市，以贩卖鱼盐为生。后来被周文王举为重臣。

　　春秋时楚国范蠡帮助勾践灭吴，越王想要分他半壁江山，范蠡认为越王"可共患难，不可共处乐"，拒不接受，于是带着家人乘船出三江，入五湖。后化名陶朱公，成为天下巨富。陶渊明在《归去来兮辞》写道："三径就荒，松菊犹存。"描述自己所住的地方长满了杂草，将要荒芜，但松树和菊花一如往昔。

徐邈是三国时期曹魏重臣，为官清廉，雅尚自若。当天下人因为曹操喜欢清廉朴素的人而变换车马服饰来博得好名声时，他和从前一样，世人认为他通达；当天下流行奢靡之风，时人争相效仿时，他不改节俭作风，世人称他清直。唐代崔郾在虢州任刺史时宽容大度，很少责打人。但他到鄂州后却施法严明。有人问其原因，崔郾说："陕西土地贫瘠，百姓劳苦，我以宽容的政策抚慰他们，百姓很容易就归服了。鄂州土地肥沃，百姓剽悍，混有夷人的作风，只有用威严才能制服他们。要懂得根据实时情况来改变为官策略啊！"

　　东汉王烈以品行高尚闻名遐迩。他有个同乡偷牛被牛主抓住了，偷牛的人认罪："判刑砍头我都无怨，但请您不要告诉王烈这件事。"王烈听说后，知道这个人还有羞耻之心，于是就送给他一匹布。后来有个老人把佩剑遗失在路上，有个行人看到，就停下来看守到傍晚，一直等到老人来找。王烈派人查访守剑之人是谁，发现就是之前的偷牛贼。东汉末年闹饥荒，很多人为了生计做了盗贼。某次，官员陈寔夜间读书，恰巧有个小偷躲在房梁上。陈寔发现后，把弟子们召集到堂内，对弟子说："人要时刻上进，不要做坏事。有时做坏事的人不一定原本就是坏人，只是有时习惯改变了天性，君子也就成小人了。梁上那位君子就是这样。"小偷听得满面羞愧，忙跳到地上磕头谢罪。陈寔说："我瞧你面善，大概为生计所迫才会这样吧。"于是送给他两匹绢作为本钱去谋正经生路。

十五　咸

深情子野,神识阮咸。公孙白纻,司马青衫①。
狄梁被谮②,杨亿蒙谗③。布重一诺,金慎三缄。
彦升非少,仲举不凡。古人万亿,不尽兹函。

〔注释〕

①白纻(zhù):白色苎麻所织的夏布。司马青衫:出自唐代诗人白居易所作《琵琶行》中的"凄凄不似向前声,满座重闻皆掩泣。座中泣下谁最多? 江州司马青衫湿。"司马,白居易时任江州司马。青衫,唐朝八九品官员穿青色的官服。

②谮(zèn):说别人的坏话。

③兹(zī):这,此。

〔译文〕

东晋桓伊,字子野,擅长音律。他听到清亮的歌声都会感叹不已,陶醉其中。若是歌声没有伴奏,他总是说:"怎么能这样呢?"名士谢安听说后,道:"桓伊对音乐可谓是喜爱甚深啊!"魏晋时期,"竹林七贤"之一的阮咸精通音律,时号"妙达八音",又被人们称为"神解"。当时的荀勖熟悉乐理,被称为"暗解"。宴会奏乐时,阮咸常认为荀勖的新律曲调太高,听起来像是靡靡之音,离盛德的至和之音相去甚远。荀勖由此对阮咸有所不满,将他外调。后来一个农夫挖出了周朝的玉尺,为定律的标准尺。荀勖用它校正自己所制的乐器后发现总是有所差别。荀勖这才对阮咸的音乐造诣十分敬佩。

　　吴王派公子季札出使郑国。季札和郑国大臣公孙侨一见如故。当时吴地以缟为贵，郑国以纻为贵，季札送给公孙侨缟制的腰带，公孙侨则回以一件白纻衣。白居易得罪权贵被贬为江州司马。有一天晚上，他到江边送客，泛舟饮酒，听到了水上传来阵阵琵琶声，于是邀请琵琶女相见。琵琶女将自己的悲惨身世缓缓道来，白居易听毕，写下《琵琶行》，感叹道："同是天涯沦落人，相逢何必曾相识。"

　　狄仁杰是唐朝的宰相，又被封为梁国公。一天，皇帝武则天问他："你在汝南做官时，有人在我这儿说过你的坏话诽谤你，想知道是谁吗？"狄仁杰答："如果他说的是对的，那我就改正；如果他说的话您认为不对，得您赏识，不胜荣幸。至于那个人是谁，我不想知道，您自有论断。"北宋杨亿担任大臣时总是被人上疏弹劾。后来杨亿在辞官书上写道："我已身陷囹圄，却依旧有人落井下石。"

　　汉朝的季布为人真诚，信守诺言。楚国人说："得黄金百金，不如得季布一诺。"孔子和弟子们到后稷庙参观，看到一个金人的嘴上贴着严密的封条，背后刻有铭文："无多言，多言必败；无多事，多事多患。"回身对弟子们感叹道："这些都是经世致用的话啊！"

　　任昉，字彦升，南朝梁著名文学家，为"竟陵八友"之一。他八岁能作文，时人赞叹不已。大臣褚彦回对任昉的父亲感叹道："这样的好儿子，就是有一百个也不会嫌多，但只有一个也足以令人满足了啊！"东汉名臣陈蕃，字仲举，十五岁时，他父亲的朋友薛勤前来探望他，见室内凌乱，室外长满杂草，就问陈蕃："既然知道有客来访，为何不收拾?"陈蕃回答："大丈夫在世，应志在天下，怎能将心思局限于一间屋子呢?"薛勤后来称赞他为"不凡之子"。

值得学习的古人很多，这一本书远不能说完。